Hans-Peter Bock

EIN FEUERWERK DER EMOTIONEN

Gedichtband

Engelsdorfer Verlag
2007

Bibliografische Information durch
die Deutsche Nationalbibliothek:
Die Deutsche Nationalbibliothek verzeichnet diese
Publikation in der Deutschen Nationalbibliografie; detaillierte
bibliografische Daten sind im Internet über http://dnb.d-
nb.de abrufbar.

ISBN 978-3-86703-523-1

Hergestellt in Leipzig, Germany (EU)
www.engelsdorfer-verlag.de

12,95 Euro (D)

Liebe Leser

Dieses Buch ist vielseitig verwendbar.

Sie können es in Ihre Hand nehmen
und jedes Blatt einzeln herausreißen.
Selbstverständlich können Sie es auch verbrennen.
Im Notfall sind Sie mit diesem Buch in der Lage,
Insekten umzubringen.
Sie werden es mir nicht glauben,
ich habe es sogar gelesen.

Wie Sie sich nun entscheiden,
liegt ganz bei Ihnen.

Ihr Autor

Das Leben macht

uns reich,

Probleme uns stark,

Erfolge glücklich.

Hans-Peter Bock

Vorwort

Die heutige Zeit ist von Faktoren wie
Stress, Hektik, Existenzangst, Geldnot
und gnadenloser Unterordnung geprägt.
Den Machern der Wirtschaft und der Politik ist es gelungen,
den Menschen eine Lebensweise aufzudrängen,
die völlig darauf ausgerichtet ist,
deren Profitsucht und Lebensart gerecht zu werden.
Ihnen ist es gelungen, das Volk so zu manipulieren,
dass es kaum noch eine Möglichkeit hat,
sein eigenes Leben zu gestalten.
Alle Aktivitäten dienen dazu,
den Profit anderer zu erhöhen.
Es ist ihnen gelungen,
die Menschen so unter Druck zu setzen,
dass sie Dinge wie Leben, Liebe, Erholung, Freizeit,
Freude, Glück und Spaß zwar noch schreiben,
aber in den seltensten Augenblicken erleben können.

Das Leben vieler Menschen geht vorüber,
ohne dass sie wirklich gelebt haben.
Die Brutalität des heutigen Lebens hat ihnen die Gabe,
sich Emotionen und Gefühlen hinzugeben,
fast völlig genommen.
Das Schlimmste aber an der Sache ist,
dass sie es erst bemerken,
wenn ihre Uhr abgelaufen ist.
Erst dann wird ihnen bewusst,
dass sie ihr ganzes Leben
für eine Handvoll wildfremder und geldgieriger
Lebemenschen geopfert haben.

Liebe Leser, in diesem Buch sind viele Gedichte,
die Ihnen bewusst machen sollen,
wie einmalig auch Ihr Leben ist.

Sie werden Gefühle erleben,
von denen Sie bis heute geglaubt haben,
sie gar nicht mehr zu besitzen.

Versuchen Sie, die hier angesprochenen Lebenssituationen
auf sich zu übertragen und nachzudenken.
Sollten Sie dann das Wort Leben "Ihr Leben"
in einer neuen Dimension sehen,
so haben meine Gedichte ihren Zweck erfüllt
und das Anliegen meinerseits,
Sie an die Einmaligkeit Ihres Leben zu erinnern,
Früchte getragen.

Der Gewinner

Zwei Dinge sind es, die Dich
zum Gewinner machen:
Der Weg zur Schule
und der Wille viel zu lernen.

Drei Dinge machen es möglich:
Deine Augen, Deine Ohren
und Dein Verstand.
Diese fünf Dinge zusammen
machen Dein

ganzes Leben
erfolgreich !!

Die Heimat

Heimat ist für Dich ein Ort,
wo Deine Seele Ruhe findet.
Bist Du auch oftmals sehr weit fort,
die Sehnsucht ist es, die verbindet.

Heimat kannst Du niemals kaufen,
Du bekommst sie nur geschenkt.
In ihr lerntest Du das Laufen,
sie ist dort, wo jemand an Dich denkt.

Sie ist ein Fleck auf unserem Planeten,
der immer unbezahlbar ist.
Wo liebe Menschen für Dich beten,
ist da, wo Du zu Hause bist.

Bist Du einsam, in der Fremde,
und kein Freund schaut zu Dir rein,
kehre zurück in Deine Heimat,
dort werden immer Freunde sein.

Denk ich an Poley

Denk ich an Poley heut zurück,
denk ich an meiner Jugend Glück,
denk ich an eine Kindheit unbeschwert,
an Vaters Bäckerei und Mutters Herd.

Denk ich an die Schule mit dem Zuckertütenbaum,
denk ich an manchen schönen Kindheitstraum,
denk ich an Sportverein und Feuerwehr,
an den Karneval und noch viel mehr.

Denk ich an ein schönes Pils,
denk ich an Marta und an Albin Filz,
denk ich zurück an die Idylle,
voller Menschlichkeit und Stille.

Denk ich an Poley

Denk ich an die vergangne Zeit,
denk ich an ein Leben ohne Arbeitslosigkeit,
denk ich an tausend schöne Stunden,
die ich in Poley einst gefunden.

Denk ich an einen wunderbaren Ort,
denk ich, was ich verlor, als ich ging fort,
denk ich wehmütig aus weiter Ferne,
an meinen Heimatort und gerne.

Denk ich an Freunde, die ich ließ zurück,
denk ich an einen Lebensabschnitt voller Glück,
denk ich an eine längst vergangne Zeit,
ohne Geldgier, ohne Neid.

Denk ich an Poley

Denk ich immerfort
an einen wundervollen Ort,
sicher, er ist winzig klein,
für mich doch wird er immer HEIMAT sein.

Kaltenwestheim

Kaltenwestheim, wie liegst du so herrlich,
so schön,
inmitten von Bergen der hohen Rhön.
Ich war bei dir von der Heimat fern,
doch was auch gewesen, ich hatte dich gern.
Bei Regen und Schnee, bei Tag und bei Nacht,
habe ich dich und deine Kinder bewacht.
Ich verlebte in dir manch Stunde voll Glück,
doch vorbei ist die Zeit, sie kehrt nie mehr zurück.
Das Jahr ist vorüber, jetzt muss ich gehen,
grüß mir noch einmal deine herrlichen Höhn.
Ich werde vergessen manch schwere Schicht,
doch dich, Kaltenwestheim, vergesse ich nicht.

Ode an den Tiergarten Bernburg

Schön ist es hindurch zu gehen,
durch den Tiergarten der Stadt.
Herrlich, die Tiere hier zu sehn,
perfekt die Flora, die er hat.

Wunderschön ist die Idylle,
durchdacht, gesetzt ist jeder Stein.
Angenehm ist auch die Stille,
herrlich, hier in der Natur zu sein.

Einladende Schattenfleckchen,
um ein wenig auszuruhn.
Hier drinnen gibt es viele Eckchen,
um sich Gutes anzutun.

Gepflegte Tiere sieht man laufen,
die sichtbar wohl sich fühlen hier.
Üppig gefüllt die Futterraufen,
ein Paradies für jedes Tier.

Man kann nur ahnen,
wie viel Liebe
das Personal hier steckt hinein
und wünscht sich, dass es auch so bliebe.

Ja – so schön kann ein Stück

Heimat sein.

Versäumt keine Stunde

Nutzt in der Jugend jede Stunde,
um Eure Zukunft aufzubaun,
weinet nicht um jede Wunde,
die das Leben Euch wird haun.

Nutzt die Frische Eurer Jugend,
lasst nicht unnütz Zeit vergehn,
macht Euren Tatendrang zur Tugend,
sonst werdet Ihr schnell untergehn.

Wenn Ihr schon am Lebensmorgen
vergeudet Eure Energie,
bringt Euch der Lebensabend Sorgen,
die Zeit zurückdrehn, könnt Ihr nie.

Jugend ist wie eine Blüte,
die nicht immer Hoch-Zeit hat,
schnell vergehen Glanz und Güte,
und sie wird dann fad und matt.

Euer Reichtum sind die Jugendjahre,
nie mehr werdet Ihr reicher sein,
von der Wiege bis zur Bahre,
prägt es Euch tief in Eure Köpfe ein.

In der Jugend formt die Ruhekissen,
nutzt den Tag zu jeder Zeit,
stopft die Köpfe voll mit Wissen,
seid zum Lernen stets bereit.

Vergesst dabei auch nicht zu leben,
die Tage, sie sind lang genug,
stets erst dem Geiste Futter geben,
dann einen Schluck vom Lebenskrug.

Wer ruhet in der Zeit der Blüte,
wird immer ohne Früchte sein,
ohne die Frucht und deren Güte,
fahrt Ihr nie eine Ernte ein.

Ist der Erntekranz gebunden,
bleibt noch viel Zeit, um auszuruhn,
nutzt in der Jugend alle Stunden,
im Alter könnt Ihr's nicht mehr tun.

Genießt Euer Leben

Man kann den Menschen nicht oft genug sagen,
sie möchten ihr Leben auf Händen tragen
und nicht einen Koffer voller Geld,
welcher beim Sterben aus den selbigen fällt.

Wie kann man ihnen begreiflich machen,
Leben ist Liebe, Frohsinn und Lachen.
Geld verdient man nur im Leben,
um es dafür auch auszugeben.

Sparen heißt Frust und Traurigkeit,
doch dafür ist sie zu kurz, unsre Zeit.
Sobald wir auf diesem Erdball stehen,
beginnen wir, dem Ende entgegen zu gehen.

Mit jedem zurückgelegten Schritt
verkürzt sich die Bühne, die man betritt.
Fällt dann der Vorhang plötzlich herab,
ist das Gastspiel zu Ende, wir treten ab.
Auf dem Weg zum Herrgott
hatte noch nie jemand Geld dabei.
Also, was soll die Sparerei?

Die Zeit

Keine Zeit der Erde bekommst Du je zurück,
die Arbeit ist das Eine, das Andre ist das Glück.
Die Stürme blasen heftig am Markt Dir ins Gesicht,
doch Du kannst es glauben, alleine schafft man's nicht.
Um Wohlstand muss man kämpfen, das sieht ein jeder ein,
doch meistens stirbt der Kämpfer, ganz einsam und allein.
Bei allem Tun und Schaffen, es muss nun einmal sein,
denk auch an Deine Liebsten und plan Dir Freiraum ein.

Der Sparwahn

Menschen hasten durch die Läden,
händeln, bestaunen, was gefällt.
Klamotten mit den neuesten Fäden,
Waren aus der ganzen Welt.

Billig, billig – die Devise,
Qualität zählt gar nicht mehr,
jeder denkt an Wirtschaftskrise,
keiner macht das Konto leer.

Alle müssen nur noch sparen,
das Volk, die Wirtschaft und der Staat,
drunter leiden nicht nur Waren,
ganz sicher auch die neue Saat.

In den Schulen bröckelts vom Gemäuer,
wie in Burgen aus vergangner Zeit.
Immer größer wird das Feuer,
zum Löschen ist man nicht bereit.

Niemand denkt an neue Saaten,
Patentschriften sind Altpapier,
nichts lernt man von andren Staaten,
denn wir Deutschen herrschen hier.

Zu arrogant und uneinsichtig,
um einen neuen Weg zu gehn,
uns ist Selbstdarstellung wichtig,
soll das Boot doch untergehn.

Den letzten Tropfen melken wir aus Kühen,
die noch nicht umgefallen sind,
statt sich um Kälber zu bemühen,
die ein Stück Zukunft für uns sind.

Billig, billig, sparen, sparen,
so treibt kein Mensch die Wirtschaft an,
man muss Geschütze auf das Schlachtfeld fahren,
damit die Schlacht gewonnen werden kann.

Kein Zug wird je auf Schienen fahren,
wenn man nicht in Eisen investiert,
auch nicht in Tausenden von Jahren,
wenn Ihr es doch nur kapiert.

Kein Mensch seit Christi Himmelfahrt,
man hat es hundert Mal probiert,
hat sein Vermögen je erspart,
wohl aber der, der investiert.

Ich weiß, ich rede mit den Wänden,
geduldig ist auch mein Papier,
versucht doch, Euer Blatt zu wenden,
sonst Freunde, kollabieren wir.

Nicht die besten

Fonds der Welt

bringen mehr

Rendite

als ein Kopf

voller Wissen !!!

Die Chance des Lebens

Bist Du jung, bist Du wie eine Blume, die blüht,
um die sich ein jeder Gärtner bemüht.
Du wirst umhegt, umsorgt und gepflegt,
Du spürst, wie sich alles um Dich bewegt.

Du wirst bewundert, bestaunt und bewacht,
vom frühen Morgen bis spät in die Nacht.
Auf Deinem Lebensweg stehst Du in voller Pracht,
mit der Blüte der Jugend, die Dich wertvoll macht.

Doch eines Tages stehst Du auf diesem Weg
verblüht, verwelkt und völlig schräg.
Nichts ist geblieben von der Jugend Glanz,
und irgendwann verschwindest Du ganz.

Verblichen das Grün aus jedem Blatt,
Du fühlst Dich einsam, nutzlos und matt.
Du bist nah dran Dich aufzugeben,
doch es gibt tausend Gründe, um weiterzuleben.

Jetzt musst Du einfach selber versuchen,
Dir einen Platz im Leben zu buchen.
Gib der Jugend bestimmt, aber froh und heiter,
Dein Wissen und Deine Erfahrung weiter.

Schaue nach vorn und nicht zurück,
geh mit der Jugend noch ein Stück.
Reihe Dich ein in ihren wilden Tanz,
zeig ihnen Deinen inneren Glanz.

Es ist nie zu spät, um sein Leben zu leben,
Du musst Dir nur die Chance dazu geben.

Die Uhr läuft ab

Der Tag kommt, an dem die Börsen schließen,
an dem nichts mehr geht auf dieser Welt,
an dem Menschen sich mit Atom beschießen,
wo sie zur Waffe wird, die Gier nach Geld.

Es kommt der Tag, wo Aktien und Renditen
einstürzen werden wie ein Kartenhaus,
an dem Tag, wo sie der Gier Paroli bieten,
entsteht ein Massengrab daraus.

Die vielen hochgepeitschten Zahlen,
die niemand mehr unter Kontrolle hat,
werden die kranke Welt zermahlen,
sie setzen alles Leben matt.

Es ist kein Schnupfen, der sich hier verbreitet,
so viel steht schon heute fest,
auch der, welcher es noch bestreitet,
stirbt irgendwann an dieser Pest.

Wer denkt, der Wald bestehe nur aus Bäumen,
der hat gewaltig sich geirrt,
man sollte aufhören zu träumen,
weil daraus niemals Wahrheit wird.

Der größte Teil unseres Lebens
spielt sich unterhalb der Baumeskronen ab,
dort oben sucht man es vergebens,
ohne die Unterschicht macht jede Krone schlapp.

Ist irgendwann das Unterholz gestorben,
sterben die Wälder, Baum für Baum,
dann ist der Nährboden verdorben
und ausgeträumt ist jeder Traum.

Die Natur hat ihre eignen Regeln,
in ihrer Kette, da zählt jedes Glied,
der Mensch, er kann sie nicht umsegeln,
selbst wenn er es auch anders sieht.

In der Natur, da sind die Starken Sieger,
so denkt der Mensch, doch er vergisst dabei,
diese Starken bleiben ständig Krieger,
sonst ist es nämlich auch für sie vorbei.

Die Tiere leeren ihre Nahrungsquelle
niemals ganz bis auf den Grund,
sie suchen geschickt an dieser Stelle,
nur Schwache, der größte Teil, der bleibt gesund.

Denn den brauchen sie zum Weiterleben,
da Hunger immer wiederkehrt,
müssen sie ihm die Chance geben,
dass er durch Nachwuchs sich vermehrt.

Also nehmen sie an allen Tagen,
nur so viel, bis sie gesättigt sind,
wozu sollen sie Ballast rumtragen,
wenn morgen ein neuer Tag beginnt.

Der Mensch hingegen hört nicht auf zu fressen,
wenn man das so sagen will,
er muss alles an und in sich pressen,
bis alle Räder stehen still.

Stopft sich voll, bis nichts mehr geht,
vor Wolllust ist er völlig blind,
er wird erst wach, wenn alles steht,
wenn die Quellen längst ausgetrocknet sind.

So wird er mit Sicherheit
seine gerechte Strafe kriegen,
der Weg dorthin ist nicht mehr weit,
bis er hechelnd wird vor versiegten Quellen liegen.

Wie im Flug vergeht die Zeit

Schon wieder fallen alle Blätter
von den Bäumen still herab.
Immer schlechter wird das Wetter,
der Sommer meldet sich nun ab.

Noch vor kurzem blühten Veilchen,
Narzissen, Tulpen wunderschön.
Wieder dauerts nur ein Weilchen,
und der Schnee liegt auf den Höhn.

Frühling, Sommer, Herbst und Winter,
die Jahre ziehen wie der Wind
und die einst so frohen Kinder,
plötzlich alte Greise sind.

Erschrocken blicken sie nach hinten
und suchen die Vergangenheit.
Doch sie werden sie nicht finden,
dafür war der Weg zu weit.

Bestückt mit Bergen und auch Tälern,
mit Nebel und mit Sonnenschein,
mit Erfolg und auch mit Fehlern,
keiner ging ihn lupenrein.

Alle aber staunen kräftig,
wo die Zeit geblieben ist.
Der Sturm des Lebens blies sie heftig
ans Ziel, das fast das Ende ist.

Nur wenig Zeit ist noch geblieben,
um auf dieser Welt zu sein,
um sich zu freuen und zu lieben,
um auszuruhn und zu verzeihn.

Sie merken deutlich mit Entsetzen,
was sie haben wohl verpasst.
Ihr Leben war ein einzig Hetzen,
wenn man es zusammenfasst.

Viel können sie nun nicht mehr retten,
doch der Jugend sei gesagt
in den Dörfern und den Städten:
Lebt, wenn Ihr Euch ins Leben wagt.

Weißes Gold

Ich halts in meinen Händen,
das weiße Gold der Welt,
kann meinen Blick nicht wenden,
es mich in Atem hält.
S'eh, wie es strahlt und glitzert,
so klar wie Eiskristall,
wie ein Smaragd es blinkert,
rein, wie ein Stern im All.
Es brechen die Sonnenstrahlen
Das funkelnde Gewand,
das weiße Gold der Erde,
der Zucker von Diamant.

Die letzte Pforte

Eines Tages an der Himmelsporte
schaut Ihr den Herrgott sprachlos an,
denn es fehlen Euch die Worte
für alles, was Ihr habt getan.

Stammelt und mit untersetzter Stimme,
reumütig, berichtet Ihr
traurig über all das Schlimme,
denn es war nur Stress und Gier.

Alles musstet Ihr erhaschen,
voll Egoismus waret Ihr,
nun steht Ihr hier mit leeren Taschen
und einem Hemdchen aus Papier.

Nichts ist Euch davon geblieben,
nur Frust und Gottes Wolkenmeer,
das habt Ihr nun davon, Ihr Lieben.
Leben könnt Ihr hier nicht mehr.

Auch nicht unter Palmen liegen,
um ein wenig auszuruhn
von den ständigen Intrigen,
das konntet Ihr dort unten tun.

Nun fällt's wie Schuppen von den Augen,
da hilft auch keine Jammerei,
noch ein Leben könnt Ihr nicht aus den Fingern saugen,
und das erste ist für alle Zeit vorbei.

Dein Leben

*Ob Du ganz oben bist und im Rampenlicht stehst,
oder ob Du in der Gosse ganz langsam untergehst.
Ob Du ein guter Mensch wirst oder ein Schwein,
es wird immer Dein Leben sein.*

*Wirst Du bestraft oder wird Dir vergeben,
es geschieht nur Dir, denn es ist Dein Leben.*

*Ob Du feierst oder traurig bist, ob man nach Dir ruft
oder ob man Dich gar nicht vermisst.
Ob Du nur nehmen willst oder auch geben,
das bestimmst Du, denn es ist Dein Leben.*

*Ob Du geliebt wirst oder gehasst,
ob Dein Weg steinig ist oder eben,
niemand wird sich dafür interessieren,*
denn es ist Dein Leben.

Ob Du das Gute suchst oder das Schlechte,
ob Du die Kopie kaufst oder das Echte.
Ob Du nutzt, was Dir Gott hat gegeben,
entscheidest nur Du, denn es ist Dein Leben

Wie Du Dich entscheidest, liegt ganz bei Dir,
doch lass Dir nicht zu viel Zeit dafür.

Du bekamst es geschenkt und es ist Dein Leben,
doch bedenke immer,
auch für Dich wird es dieses nur einmal geben.

Erfolg

Es sind die Niederlagen, die Dich treiben,
der Misserfolgt erst macht Dich stark.
Wenn Neider sich die Hände reiben,
brodelt in Dir das Knochenmark.

Der Sturm, der Dir entgegen bläst
und Dir den Atem nimmt,
ist es, der Flammen brennen lässt,
die stets Dein Motor sind.

Erst die Härte des Gesteins
bestimmt auch dessen Güte.
Der Jahrgang macht die Qualität des Weins,
nicht Sonne, Regen tränkt die Blüte.

Erfolg erkämpft man sich in Schlachten,
mit Schweiß und Tränen härtest Du das Schwert.
Dein Fundament musst Du Dir selber schachten,
nur so weißt Du von seinem Wert.

Der Schatten kühlt Dir Geist und Seele
und nicht die Glut im Rampenlicht.
Gieß Wasser durch die trockne Kehle,
Sekt und Champagner töten Dich.

Genieße stets die kleinen Siege,
für Dich allein im Herzensgrund.
Dort ist des Erfolges wahre Wiege,
sei stolz, doch halte stets den Mund.

Ein Leben für den Sport

Nur für den Sport war er geboren,
seine Kindheit gab er dafür hin.
Für ihn war die Zeit niemals verloren,
Gold bei Olympia hatte er im Sinn.

Jeden Tag bis spät am Abend,
stand er im Stadion seinen Mann.
Gehend, springend und auch trabend,
ging er die schnellsten Zeiten an.

Misserfolge, Muskelschmerzen,
die überstand er mit Bravour.
Der Olympiasieg im Kopf und Herzen
brachte ihn immer voll auf Tour.

Noch einmal ging er in Gedanken
die Übung durch, mit Sprung und Flug.
Da geschah's; er übersah die Schranken
und es erwischte ihn der Zug.

Das erste Mal in seinem Leben
verließ ihn die strenge Disziplin.
Sich seinen Gedanken hingegeben,
endete im Feuerball für ihn.

In Bruchteilen von Sekunden
waren die Jahre Schall und Rauch.
Umsonst die vielen, vielen Stunden
und die Karte für Olympia auch.

Tausende hätten aufgegeben
und dem Schicksal sich gebeugt.
Sein Traum war Sieger sein im Leben,
davon war er überzeugt.

Auch nicht der Rollstuhl, den er nun bewegte,
zerbrach den Ehrgeiz in ihm drin,
den er schon von Kind an hegte.
Aufgeben macht für ihn keinen Sinn.

Paralympics hieß die neue Trasse,
auf der er mit dem Rollstuhl fuhr.
Heraus aus dieser dunklen Gasse,
das Licht am Tunnelende zählte nur.

So trainierte er von Neuem
für das neue Ziel sehr hart,
denn er konnt sich wieder freuen
auf den lang ersehnten Start.

Die Olympiade war zu Ende,
da liefen Tränen über sein Gesicht.
Jubelnd schwenkte er die Hände.
Zweimal Gold und neue Zuversicht im Leben,
etwas Größres gibt es für ihn nicht.

Wenn Du Deine Siege feierst,

gedenke im Stillen

auch Deiner Niederlagen.

Ohne sie

ist kein einziger Sieg möglich.

HPB

Die Niederlage ist eine unsichtbare Hand,

die Dich vom Höhenflug abhält.

HPB

Der Boxer

Rocky

Es ist nicht der goldene Gürtel,
der einen Boxer beschreibt.
Es sind die großen Kämpfe,
wo kein Grauschleier bleibt.

Es sind nicht die lobenden Worte,
die ein Heuchler schreibt.
Es ist sein unbändiger Kampfgeist,
der in den Köpfen bleibt.

Es sind die Niederlagen,
die eigentlich Siege sind.
Sie sind die Momente im Leben,
wo er an Größe gewinnt.

Es ist nicht der dunkle Schatten,
in dem er vermutet zu sein.
Es ist die strahlende Sonne,
sie trocknet ein Kämpferherz ein.

Es sind die schweren Stürme,
sie testen den einsamen Baum
und nicht die lauen Winde,
sie schaffen das wohl kaum.

Es sind nicht die goldenen Gürtel,
die hängen an den Wänden.
Es sind die großen Kämpfe,
sie schaffen die Legenden.

Unsterblich

Michael Schumacher

Für immer nun steigst Du aus Deinem Wagen,
den Du innerlich schon jetzt vermisst.
Noch einmal wirst Du den Pokal nach Hause tragen,
der eigentlich auch seiner ist.

Noch einmal fahrt Ihr zwei zusammen
den Sieg und Wertungspunkte ein.
Noch einmal steht Dein Herz in Flammen,
doch niemals mehr wird das so sein.

Vorbei die letzte Ehrenrunde,
nach dreißig Jahren Schweiß und Schmerz.
Du spürst das Brennen Deiner Wunde,
die sich öffnet tief im Herz.

Noch immer jubeln all die Massen,
die längst schon Deine Freunde sind,
auf den Straßen, in den Gassen,
und die erste Träne rinnt.

Nicht einmal Du kannst es beschreiben,
was gerade in Dir vor sich geht.
Was Emotionen mit Dir treiben,
dass Großes nun zu Ende geht.

Zum letzten Mal schaust Du auf Deinen Wagen,
er war ein treuer Spannemann.
An hellen und an dunklen Tagen,
wehmütig nimmt er Deinen Abschied an.

Du hast erreicht, was niemand wird erreichen.
schaust Dir gesund Deine Pokale an.
Keiner kann sich je mit Dir vergleichen,

Du bist,
was man unsterblich nennen kann!

Legende Olli Kahn

Zum letzten Mal
schaust Du nach oben in die Ränge,
zum letzten Mal
gehst Du als Nationaltorwart vom Feld.
Zum letzten Mal
hörst Du ganz oben die Gesänge,
zum letzten Mal
wirst Du gefeiert wie ein Held.
Zum letzten Mal
hast Du emotionsgeladene Gefühle,
zum letzten Mal
spürst Du gemeinsam Stolz und Schmerz.
Zum letzten Mal
gehst Du durch dieses jubelnde Gewühle,
zum letzten Mal
mit Wehmut tief im Herz.

Zum letzten Mal
will der Applaus nicht enden,
zum letzten Mal
rufen die Massen Olli Kahn.
Ab jetzt gehörst Du zur Rubrik Legenden,
in allen Herzen aber bleibst Du

der TITAN.

Leb Deine Träume

Dein Leben rollt nicht auf geraden Schienen,
wie der Zug auf seinem Gleis.
Mal musst Du dem Schicksal dienen,
mal pulsierts, mal liegt es auf Eis.

Was der neue Tag wird bringen,
das weiß niemand im Voraus.
Es wird bestimmt von vielen Dingen,
mal ist es Häme, mal Applaus.

Doch eines solltest Du bedenken,
nicht alles ist Schicksal, was geschieht.
Erfolge wird Dir keiner schenken,
ohne Noten entsteht niemals ein Lied.

Hast Du Visionen, erwecke sie zum Leben,
auch Deine Träume lebe aus.
Gott hat sie Dir mitgegeben,
also, mach etwas daraus.

Lass Dich von niemandem ins Boxhorn jagen,
versalz Dir nie die süße Frucht.
Wenn Menschen nach dem Warum Dich fragen,
ergreife nie vor Dir selbst die Flucht.

Gar Deine wildesten Ideen
können ein neues Leben für Dich sein.
Dein Umfeld wird es nie verstehen,
drum lass Dich nicht auf Diskussionen ein.

Denk immer an die Visionäre,
wie Siemans, Edison und Braun,
und daran, was wohl gewesen wäre,
hätten sie in den Sack gehaun.

Du wirst niemals ein Goethe sein
und schreiben viele Dramen.
Denn, Du siehst sicher selber ein,
Du hast ja Deinen eigenen Namen.

Auch wenn Millionen nicht dran glauben,
verfolge immer Deinen Traum.
Sollten Probleme Dir die Nächte rauben,
erst kommt der Setzling, dann der Baum.

Kein Mensch wird es wohl je erfahren,
was in seinem Körper steckt,
auch nicht in Tausenden von Jahren,
wenn er nicht selbst seine Begabung weckt.

Persönlichkeit

Sei wie ein Vogel, der aufwärts schwebt,
wie eine Pflanze, die zum Licht hin strebt.
Sei auch mal hart wie das Erz aus dem Schacht,
sei mal wie ein Clown, wenn es Dir Freude macht.
Sei auch mal lahm wie eine Schnecke
oder wie ein Pferd so trapp.
Aber sei nie wie das Wasser,
das fließt immer nur
bergab.

Die Kraft aus dem Spiegel

Es gibt viele Menschen,
die geben ihr Wissen weiter,
es gibt viele Menschen,
die sind Dein Wegbegleiter.

Es gibt viele Menschen,
die geben Dir Rat und Schläge,
es gibt viele Menschen,
die stehen Dir manchmal im Wege.

Es gibt viele Menschen,
die stehen mit Dir ihren Mann,
aber es gibt nur einen Menschen,
der dir Mut machen kann.

Der Deine Träume wahr werden lässt,
glaube an ihn und Du stehst wie ein Felsen so fest.
Du fragst, wo man ihn finden kann?

Sieh in den Spiegel, dann schaut er Dich an.

Blumen

Es steht eine Blume im Garten,
so leuchtend, so herrlich, so schön.
Wie lange muss sie noch warten,
bis die ersten Menschen sie sehn?

Sie hasten mit eiligen Schritten
an ihr viele Male vorbei,
als hätt sie der Teufel geritten,
machen statt zwei Schritte drei.

Ja nicht mal irgendwo sitzen,
denn das kostet Zeit, und die Geld.
Sie stürzen, jagen und schwitzen,
bis der Vorhang ihres Lebens dann fällt.

Dann liegen sie in einer Kiste,
bedeckt von Blumen so schön,
und es ist, wie schon in ihrem Leben,
sie können sie wieder nicht sehn.

Der Malocher

Arbeit, Arbeit, immer feste,
ach, wie klotzte er doch ran.
Immer gab er nur das Beste,
war stolz, wie er malochen kann.

Auch zu Hause blieb es heiter,
Garten, Katze, Hühner, Hahn.
Fröhlich schaffte er dort weiter,
schnell war da der Abend ran.

So vergingen viele Wochen,
Jahre zogen schnell dahin.
Immer drauf auf seine Knochen,
Ruhe kam ihm nicht in den Sinn.

Urlaub, der kam nicht in Frage,
denn der kostet schließlich Geld.
Das, was er zusammentrage,
er auch stets bei sich behält.

Ohne Rücksicht auf Verluste,
keine Zeit für Liebe blieb.
Seine Frau, die Selbstbewusste,
es längst schon mit dem Nachbarn trieb.

Geld und Geld und immer wieder,
auf das volle Konto schaun.
Plötzlich streikten seine Glieder,
da war die Frau längst abgehaun.

Seine Kinder sind entfremdet,
denn er hat sie kaum gesehn.
Viel zu sehr war er verblendet,
vom ständigen Malochen Gehen.

Nun steht er da mit seinem Leben,
gebrochen ist er und allein.
Geldnot wird es wohl nicht geben,
doch glücklich war
und wird er niemals sein.

Herr Wichtig

Du denkst, Du machst alles richtig,
läufst in Deiner graden Bahn.
Alles, was Du machst ist wichtig,
lebst Deinen Wichtigtuerwahn.

Dein Tag beginnt schon früh am Morgen
und endet spät am Abend dann.
Hast immer nur die gleichen Sorgen,
lässt keinen nah an Dich heran.

Deine Bahn muss grad verlaufen,
sie lässt keine Schwächen zu.
Du würdest Dich ja schlecht verkaufen,
denn auf der Welt, da zählst nur Du.

Doch plötzlich dann aus heitrem Himmel,
da wirft es Dich aus Deiner Bahn,
Du fällst hinein in das Getümmel,
und keiner stört sich je daran.

Du spürst den neuen Wind, der weht,
fernab von der graden Bahn,
dass alles ohne Dich auch geht,
ganz locker, ohne Deinen Wahn.

Du kannst auch keine Freunde sehen,
denn die gab es für Dich nicht.
Bleibst allein im Regen stehen,
siehst alles nun im neuen Licht.

Du begreifst im Kopf die Wende
und stehst da mit dem Talent,
die grade Bahn, sie ist zu Ende.
Dein Leben doch hast Du verpennt.

Der Abstieg

Still, ohne ein Wort zu sagen,
geht er mit gebrochnem Blick,
schon seit vielen, vielen Tagen
zum Müllcontainer und zurück.

In der Hoffnung, was zu finden,
das noch essbar für ihn ist.
Schläft nachts unter alten Linden,
er wird von keinem wohl vermisst.

Im Gesicht ein grauer Bart steht,
seine Haare sind jetzt kraus.
Wenn der Wind durch sie hindurch weht,
sieht er noch verkommner aus.

Traurig schauen seine Augen,
in die für ihn verlorene Welt.
Für keinen wird er mehr was taugen,
er spürt schon lang, wie er zerfällt.

Die neuen Freunde sind betrunken,
wenn er mal mit ihnen spricht.
Oh, wie tief ist er gesunken?
Er begreift es einfach nicht.

Früher trug er Schlips und Kragen,
hat große Brücken konstruiert,
hat Verantwortung getragen.
Dann hat man ihn abserviert.

Seine Firma machte Pleite
und das Geld war schnell verbraucht.
Alle suchten schnell das Weite.
jetzt ist er blank und ausgelaugt.

Der Versuch, sich stark zu machen,
um noch einmal aufzustehn,
brachte ihm nur Spott und Lachen.
Er ist zu alt, er solle einfach gehn.

Nun sitzt er unter einer Brücke,
die er einst hat mitgebaut.
Wehmut reißt ihn fast in Stücke,
wenn er zum Portal hoch schaut.

Nächtelang hat er gesessen,
hat nicht an Frau und Kind gedacht,
hat gerechnet und gemessen,
damit er keinen Fehler macht.

Schließlich sind es Menschenleben,
die hier auf dem Spiele stehn.
Er hat sein Leben hingegeben,
den Dank dafür kann jeder sehn.

Gebrochen ist sein Lebenswillen,
keine Nacht kommt er zur Ruh.
Einfach zu alt, denkt er im Stillen
und die Gesellschaft, sie schaut zu.

Politiker

- das wäre ein Job für mich gewesen.
Da bräuchte ich nur die Überschriften zu lesen.
Der Folgetext ist für die Proleten gemacht,
doch die haben, wie die Geschichte beweist,
immer zuletzt

gelacht.

An die Politik

Nehmt die Fahnen in die Hände,
schwarz-rot-gold ist eine Macht,
setzt dem Frust endlich ein Ende,
steigt aus aus diesem dunklen Schacht.

Springt noch einmal aus dem Schatten,
wie's schon nach dem Krieg geschah,
legt Euch nicht auf Bambusmatten,
seid für die Gesellschaft da.

Reicht den Schwachen Eure Hände,
lasst sie nicht im Regen stehn,
macht der Geldgier nun ein Ende,
lasst uns aus dem Tunnel gehen.

Lasst die Sonne wieder scheinen
und das Land ganz neu erblühn,
lasst kein Kind vor Hunger weinen,
lasst gemeinsam uns bemühn.

Nehmt die Fahnen in die Hände,
zeigt der Welt, was in uns steckt,
macht der Jammerei ein Ende,
schaffet ab, was uns befleckt.

Holt die Wirtschaft aus dem Schlafe,
lasst uns neue Wege gehn,
weckt den Wolf in jedem Schafe,
lasst das Land nicht untergehn.

Lasst das Schiff uns neu beladen,
gerecht verteilen diese Fracht,
dass es nicht im Sturm geht baden
oder untergehn bei Nacht.

Lasset alle mit gewinnen,
lasst uns alle Sieger sein,
lasst uns heut damit beginnen,
lasst uns wieder glücklich sein.

Bürokraten lasst zu Grabe tragen,
Gesetze macht aus einem Guss.
Wie oft soll man es noch sagen?
Macht mit der Selbstdarstellung Schluss.

Nehmt das Volk mit vor den Karren,
es ist des Staates wahre Macht,
nicht die, die auf dem Geld verharren,
die schlagen für uns keine Schlacht.

Der Spiegel ist nicht nur zum Schminken,
schaut das Gesicht darinnen an,
wollt Ihr nicht ganz im Scham versinken,
fangt hinter dieser Schminke an.

Wenn alle ihre Fahnen schwenken,
müsst auch Ihr im Reigen sein,
nicht Wasser in die Gläser schenken,
und im Kopf beim Weine sein.

Lasst das Volk sich neu entfalten
und seht nicht arrogant herab,
lasst uns Arbeitszeit verwalten,
schafft die Scheinbehörden ab.

Beginnt aus einem Krug zu trinken,
sodass ein Jeder weiß, wie's schmeckt,
fangt an, das Volk heranzuwinken,
wenn Ihr Eure Tafel deckt.

Kuscht nicht vor den Wirtschaftsleoparden,
sie schlägt die Zukunft auf die Hand,
denn es warten schon Milliarden
Menschen in einem weit entfernten Land.

Sie werden aus der Asche steigen,
ihre Glut ist längst schon heiß
und es den arroganten Deutschen zeigen,
was ihr Volk so kann und weiß.

Denn sie haben längst begriffen,
wo ihre Diamanten sind,
in Kürze sind sie schön geschliffen,
ihr Glanz macht unsre Leoparden blind.

Kein Kapitän konnt über Meere fahren,
und war sein Schiff auch noch so groß,
wenn seine Männer hungrig waren,
bekam es bald den Gnadenstoß.

Die Politik hat's in den Händen,
ob unsre Fahnen weiterwehn,
ob wir dieses Schiff jetzt wenden
oder mit den Leoparden untergehn.

Der Holzweg

Vom Weg abkommen, ist doch keine Schande,
es gehört zum Leben wie auch Pech und Glück.
Nur wichtig ist, Du bist danach imstande
und kehrst vom Holzweg auf die grade Bahn zurück.

Fehler machen, das gehört zum Leben,
wie der Regen und der Sonnenschein,
wie der Weinberg mit allen seinen Reben
und das Glas zu einer guten Flasche Wein.

Auch die Stürme, die Dein Haar zerzausen,
gehören in die Lebenszeit hinein,
wie Deine Arbeit und all die vielen Pausen
oder Dein Wortschatz mit den Worten ja und nein.

Verlange nie von Deinem vielleicht langen Leben,
dass es gerade läuft von Anfang an.
Nur solltest Du stets danach streben,
vom Holzweg runter und wieder auf die grade Bahn.

Niemand wird Dich jemals fragen,
wie Dein Weg bisher verlaufen ist,
was Du warst vor vielen, vielen Jahren.
Zählen wird nur, was Du gerade kannst und bist.

Das Igelleben

Ach, was habe ich für ein Leben,
brauche den ganzen Tag nichts tun.
Hol mir einen Apfel eben
und dann kann ich wieder ruhn.

Selbst mit anderen Getieren
habe ich kaum einmal Streit.
Wollen sie mich attackieren,
habe ich ja mein Stachelkleid.

Munter kann ich mich vermehren,
Probleme habe ich damit nicht.
Mein Partner, Gott halt ihn in Ehren,
besorgt es, ohne, dass er sich sticht.

Spießig laufe ich durchs Leben,
was ja keine Schande ist.
Angreifern kann ich Stiche geben,
weil man von Haus aus stachlig ist.

Gegen Flöhe auf dem Rücken
kann ich leider gar nichts tun.
Kann sie nicht fangen noch zerdrücken,
doch dagegen bin ich ja immun.

Kommt es mal hart in meinem Leben,
dann igle ich mich einfach ein.
So wie ein echter Igel eben,
schön kann ein Igelleben sein.

Die Evolution

Ach, sprach einst der Kuckuck weise.
Wozu brauche ich ein Nest?
Leg meine Eier still und leise
zu meinem Nachbar in das Nest.

So hüpfte er bei Nacht und Nebel
in des Nachbars Nest hinein,
der hat für's Sitzen einen Faible
und brütet seine Eier fein.

Nach weniger als vier, fünf Wochen
stutzte der Herr Nachbar sehr,
was aus dem Ei da kam gekrochen,
denn das gehörte nicht hierher.

Von weitem hört der Kuckucksvater
es "Kuckuck" Rufen aus dem Nest.
Er war seiner Frau Berater
und sie bestanden diesen Test.

Seit her, legt er nun immer wieder
Eier in fremde Nester rein,
er schont sein eigenes Gefieder
und wird doch nie ohne Nachwuchs sein.

Der Mensch bemerkt diesen Trick
und war entzückt darüber,
es machte sofort bei ihm klick,
so schwappte dieser über.

Warum eigentlich ein Blumenbeet
oder gar einen Garten,
wenn alles doch beim Nachbar steht,
musst nur die Nacht abwarten.

Der Fachmann nennt es EVOLUTION,
da lernte man vor Zeiten
Dinge voneinander schon,
die uns bis heut begleiten.

Arroganz

Es lebte einst, in hohen Kreisen,
ein Manager, in feinstem Nadelcord,
der ständig wollt der Welt beweisen,
nur er, die andern könnten alle fort.

Von oben herab sah er die Leute.
Hämisch grinsend ins Gesicht
beschimpfte sie mit 'asoziale Meute'.
Menschen warn sie für ihn nicht.

Doch beim Joggen, früh am Morgen,
sein Söhnchen lief an Mamas Hand,
fröhlich, durch Krösus Papa, ohne Sorgen,
bis er im tiefen Wald verschwand.

Alles Schreien, alles Rufen,
verhallte ungehört im Nichts.
Beziehungen auf allerhöchsten Stufen
halfen so wenig wie die zum Obersten Gericht.

Im Gestrüpp aus wilden Rosen
lebte ein bettelarmer Mann
von der Gesellschaft längst verstoßen,
er nahm sich seines Sohnes an.

Zerlumpt, stark riechend, ohne Zähne,
übergab er das Kind dem arroganten Mann.
Der weinte seine erste Träne
und ein Denkprozess begann.

Zum ersten Mal in seinem Leben
begriff er, wie wertvoll alle Menschen sind,
denn hätte es diesen nicht gegeben:
Wo wäre wohl sein einz'ges Kind?

Das Wasser

In einer unmenschlichen Hitze
gehen Kinder durch den Sand
zu einer fast versiegten Pfütze,
mit Tongefäßen in der Hand.

Schon am Morgen in der Frühe
stellen sie sich tapfer an
für ein paar Tropfen dieser Brühe,
die man als Wasser nicht bezeichnen kann.

Durstig, jedoch ohne sich zu scheuen
vor der heißen Sonnenglut,
jeden Tag wieder von Neuem.
Was für ein Überlebensmut!

Doch sie tun es immer wieder,
denn sie haben keine Wahl,
zu selten fällt hier Regen nieder.
Der Durst ist ihre schlimmste Qual.

Anderswo füllt man die Badebecken
mit Trinkwasser bis an den Rand.
Sie brauchen den Luxus nicht verstecken,
den gibt es hier aus erster Hand.

Sind sie verschmutzt, werden sie abgelassen
und fein säuberlich gespült.
Wie muss jedes Kind uns hassen,
das im Sand nach Wasser wühlt.

Keiner macht sich darum Sorgen,
dass es knapper werden kann,
denn es kommt ja heut wie morgen,
aus dem Messingwasserhahn.

Eine Schar von Egoisten
hat die Welt hervorgebracht,
heuchelnd nennen sie sich Christen.
Nur die Rechnung wurde ohne Wirt gemacht.

Nur eine Chance

Lasst uns Brücken bauen über Schützengräben,
lasset Blumen blühn in jedem Land.
Lasst uns ein Freundschaftsband
um unsren Erdball weben.
Menschen, reicht Euch Eure Hand.

Lasst die Kriege endlich doch Geschichte werden,
gebt den Kindern eine Zukunft und genügend Brot.
Lasst die Geldgier nicht zur Seuche werden,
Seuchen bringen uns den Tot.

Lasst doch endlich Eure Herzen sprechen,
die Sprache, die ein jeder Mensch versteht
und nicht mit den Messern in dieselben stechen,
tut alles dafür, dass das Leben miteinander geht.

Es ist genügend Platz auf unserem Planeten,
um Brotgetreide anzubaun,
keinem nützt ein Stellplatz für Atomraketen,
Minen oder Todeszaun.

Gott gab uns nur diese eine Chance,
den Regen und das Sonnenlicht.
Er brach für uns nur diese eine Lanze,
noch eine brechen wird er nicht.

Wer verbietet Dir?

Wer verbietet es Dir, einfach zu leben?
Wer verbietet es Dir, glücklich zu sein?
Wer verbietet es Dir, Liebe zu geben?
Wer verbietet es Dir, zu verzeihn?

Wer verbietet es Dir, Hass abzubauen?
Wer verbietet es Dir, freundlich zu sein?
Wer verbietet es Dir, Gott zu vertrauen?
Wer verbietet es Dir, Mensch zu sein?

Wer verhindert es nicht, dass Gier Dich zerfrisst?
Wer ist das Zünglein an der Waage?
Wer verhindert alles mit Tücke und List?
Wer?
Es ist immer die gleiche Frage.

Wäre es vielleicht möglich,
dass Du es selber bist?

Jammere nicht, wenn es Dir schlecht geht.
Solange Du es noch selber mitbekommst,
kannst Du es auch ändern.

Bilde Dir niemals ein,
der Ferrari des Nachbarn könnte Dich glücklich machen.
Frage Dein Herz,
es wird Dir sagen, was es ist.

Wenn Du immer nur das haben willst,
was andere haben,
wirst Du nie das bekommen, was Du selber willst.

Kehre immer nur vor Deiner eigenen Tür.
Dein Nachbar hat seinen eigenen Besen.

Der Schwimmer

In jedem Leben kommt die Zeit,
wo man denkt, es ist so weit -
die Zeit des seelischen Zerfalls,
wo das Wasser steht am Hals.

Alle Versuche sich zu wehren,
bewirken, es noch zu vermehren.
Das Wasser läuft fast in den Mund,
die Füße fühlen keinen Grund.

Ist dann die Panik richtig groß,
gibt der Mensch auf und er lässt los.
In der Verzweiflung merkt er dann,
dass er ja auch schwimmen kann.

Er erkennt mit viel Entsetzen,
das Wasser reißt ihn nicht in Fetzen.
Er bewegt sich schnell, ja heftig,
plötzlich ist er wieder kräftig.

So kommt schnell zu dem Entschluss,
wenn's Wasser kommt, er schwimmen muss.
Bliebe er nur einfach stehen,
würde er bald untergehen.

Nicht das Wasser ist sein Feind,
das hat es nur gut gemeint.
Es hat ihn nur aufgeweckt
und aktiviert, was in ihm steckt.

Mit ihm kann er im Handumdrehen
schon bald an neuen Ufern stehen.
Die Moral von der Geschicht:
Wenn's Wasser steigt, ist Schwimmen Pflicht.

Der Clown

Noch einmal geht er mit viel Applaus
aus der Manege nun heraus.
Zum letzten Mal schminkt er sein Gesicht,
es ist, als ob ihm das Herz zerbricht.

Nie wieder wird er Späße machen,
über die die Kinder herzhaft lachen.
Sein ganzes Leben war er der lustige Clown
und konnte in glückliche Augen schaun.

Nun steht er traurig vor dem riesigen Zelt,
es war sein Zuhause, es war seine Welt.
Es ist zu Ende, es kommt niemals mehr,
seine Augen sind müde, sein Blick ist leer.

Er denkt: Was hat mir mein Leben gebracht?
Alle haben über mich nur gelacht.
Er steht am Wagen mit zittriger Hand,
sein Herz ist traurig und ausgebrannt.

Doch wie er so am Wagen steht,
eine Frau plötzlich zu ihm geht.
Sie ist so glücklich bei ihm zu stehn,
sie hat ihn seit ihrer Kindheit nicht gesehn.

Nun ist dem Clown auf einmal klar,
dass sein Leben doch nicht so sinnlos war.
Jahrzehnte fuhr er von Ort zu Ort,
überall musste er bald wieder fort.

Der Zirkus hat ihn um die Welt getrieben,
doch in den Herzen der Menschen ist er
für immer geblieben.

Ein Clown weint doch nicht

Tränen liefen über ihr kleines Gesicht.
Sie bemühte sich sehr, doch sie schaffte es nicht.
Mit einem Strauß Blumen stand sie davor,
doch es ging nicht auf, das eiserne Tor.

Lachend, tobend und mit viel Geschrei
zog ein Zirkus an ihr vorbei.
Doch bei allem Getümmel bemerkte der Clown
das traurige Mädchen drüben am Zaun.

"Warum bist Du so traurig, liebes Kind?
Schau doch, wie lustig wir alle sind."
"Das Tor geht nicht auf, kannst Du es versuchen?
Ich möchte doch nur meine Mama besuchen.

Sie schläft hier ganz fest, aber in der Nacht,
wird sie ein Engel und gibt auf mich acht."
Dem Clown liefen die Tränen
über das geschminkte Gesicht.

"He", sagte die Kleine,
"ein Clown weint doch nicht."

Er schob das Tor auf, dann musste er gehn,
von weitem sah er sie am Grab ihrer Mama stehn.
Am Abend dann in der Manege,
er traute seinen Augen nicht,
da saß die Kleine
mit einem fröhlichen Lachen in ihrem Gesicht.

Er winkte ihr zu, sie winkte zurück,
und ihre Augen strahlten vor Glück.
Noch nie war ein Abend für ihn so schön,
er war so glücklich, sie lachend zu sehn.

Sie dachte nicht mehr an den eisernen Zaun,
er gab alles, denn heut
war er nur für sie der lustige Clown.
Mit einem schönen Gefühl sagte er ihr gut Nacht,
denn er wusste ja,
sie wird von einem Engel bewacht.

Das Gastspiel war aus, der Zirkus zog fort,
wieder vorbei an dem traurigen Ort.
Winkend, doch diesmal bemalt wie ein Clown,
stand sie wieder mit Blumen am eisernen Zaun,
Abschiedstränen liefen über das geschminkte Gesicht.

"He", sagte er leise,
"ein Clown weint doch nicht."

An meine Frau

Du bist die Sonne am Morgen,
Du bist das Licht dieser Welt,
durch Dich verfliegen die Sorgen,
Du bist die, die den Tag mir erhellt.

Du bist der Fels in der Brandung,
der ruhende Pol für mich,
Du gibst meinem Leben die Wandlung,
Du bist der Halt für mich.

Du bist der Baum in der Wüste,
der mich vor der Sonnenglut schützt,
Du bist wie tausend Gerüste,
der Mensch, der mein Rückgrat stützt.

Du bist der tragende Ast meines Lebens,
der jedem Sturm widersteht.
Du bist der Motor meines Strebens,
auch an Tagen, wenn nichts mehr geht.

Ich dank Dir für Deine Liebe,
für Dein Verständnis an jedem Tag.
Schön wär es, wenn es ewig so bliebe,
weil ich alles an Dir mag.

Neidische Menschen

Wie, fragt mich mein Enkelkind,
wie sind Menschen, die neidisch sind?

Eigentlich bräuchte es Neid nicht zu geben,
die Menschen müssten nur ihr Leben leben.

Würden sie tun, was ihnen gefällt,
gäbe es keinen Neid auf der Welt.

Jeder hat eigene Wünsche und Ziele,
doch mit den Wünschen der andren sind es zu viele.

Ihnen reicht nicht ihr eigenes Glück,
sie möchten von Fremden auch noch ein Stück.

Doch um alles zu haben, fehlt uns die Zeit,
sie werden unzufrieden, und das nennt man Neid.

Freue Dich immer auf das, was Dir gefällt,
Deine Mitmenschen haben ihre eigene Welt.

Wozu brauchst Du ein Pferd,
wie es Dein Nachbar reitet,
wenn es Dich freut,
dass Dein Freund Dich begleitet?

Du brauchst keinen Reichtum,
um ins Theater zu gehn,
wichtig für Dich ist: Der Abend war schön.

Wenn Du Blumen liebst,
musst Du auf keinen Ferrari warten,
dafür genügt ein ganz kleiner Garten.

Wünschst Du Dir immer, was die anderen haben,
kannst Du Dich nie
an Deinen eigenen Wünschen laben.

Richte Dein Leben, wie Du es willst, ein
und Du wirst auf niemanden neidisch sein.

Pflicht und Kür

Geh zur Arbeit, tu sie gut,
acht Stunden lang, dann nimm den Hut.
Bist Du auf dem Weg nach Hause,
schalte langsam wieder ab,
vergiss den Müller und den Krause,
die schauen auch so auf Dich herab.

Vergiss die Sprüche der Kollegen,
denn die taugen meistens nichts.
Dein Ego musst Du selber pflegen,
bevor Du Dir das Herz zerbrichst.

Reiche Deinem Kind die Hände,
vorausgesetzt, es ist eins aufgetaucht,
denn die Zeit geht schnell zu Ende,
in der es Dich am meisten braucht.

Beginne langsam zu begreifen,
dass es nur acht Stunden sind,
wo Du rennst, wenn andre pfeifen,
die restlichen dann Deine sind.

Nimm das Geld dafür zum Leben,
gönn Dir eine schöne Zeit,
denn sonst bringt Dein ganzes Streben,
Dir nur Frust und Traurigkeit.

Acht Stunden läufst Du am Tage Pflicht,
sechzehn Stunden aber Kür.
Da kannst Du, – oder auch nicht,
denn sie gehören allein Dir.

Hassliebe

Ich begann sie zu lieben
und auch zu hassen,
doch konnte ich niemals mehr
von ihr lassen.

Jeden Tag, sehr oft,
auch in der Nacht,
hab ich mich
zu ihr auf den Weg gemacht.

Sie nahm mir die Freiheit
und oft auch mein Glück,
doch immer wieder
ging ich zu ihr zurück.

Sie war Teil meines Lebens,
ich konnt mich nicht wehren.
Ich gab alles
und hielt sie in Ehren.

Sie war gegenwärtig,
egal wo ich war
und hielt ihr die Treue,
Jahr für Jahr.

Ich ward mit ihr alt
im Laufe der Zeit,
doch heute nun
ist es endlich so weit.

Jetzt bin ich Rentner
und es tut mir nicht leid
Lebewohl zu sagen,
ich hab mich befreit
aus den lästigen Fängen
der Arbeitszeit.

Abschied vom Chef

Noch immer gibt man ihm die Ehre,
noch einmal reicht man ihm die Hand
und wünscht, dass man es selbst nicht wäre,
dessen Namen man genannt.

Viele Redner sich versammeln,
danken, loben, applaudiern.
Manch einer fängt leicht an zu stammeln,
um nicht die Fassung zu verliern.

Lobeshymnen schallen laut und lauter,
kein schlechtes Wort ist heut dabei.
Leise steckt ihm ein Vertrauter:
"Kalter Rauch und Heuchelei."

Tränen sieht man in den Augen,
Taschentücher nimmt man raus und rein,
auch bei denen, für die er nie etwas wird taugen,
klar, es können Freudentränen sein.

Als er nun ging mit Blumen und Geschenken,
sah den nervenden Lehrling mittendrin.
Er konnt den Blick nicht von ihm wenden,
und so ging er zu ihm hin.

"Tschüß Chef", ohne lange auszuwählen,
sagt er zu ihm mit festem Wort.
"Ihre Arschtritte werden mir fehlen."
Dann ging er leise wieder fort.

Weit weg von Lärm, Trubel und Feier,
da war ihm plötzlich sonnenklar,
dass Nervensäge Lehrling Meier
der Ehrlichste von allen war.

Der Rentner

Es vergehen die Jahre,
viel ist geschehn.
Still weichen die Haare,
Du kannst schlechter sehn.

Das Gedächtnis zeigt Lücken,
mancher Schritt fällt schwer.
Kannst schlechter Dich bücken,
den Freund gibt's auch schon nicht mehr.

Die Kinder sind groß,
schon längst aus dem Haus.
Auf dem Dach blüht das Moos,
Gras wächst aus dem Sandkasten raus.

Du sitzt grübelnd im Garten
auf der der uralten Bank,
hast nichts zu erwarten
und redest Dich krank.

Anstatt Dich zu freuen
über den herrlichen Tag,
über die Vögel, die scheuen,
die auch Dein Enkelkind mag.

Die Zeit geht weiter,
sie kommt nicht zurück.
Warum auch? Sei einfach heiter
und genieße Dein letztes Stück.

Die vergangenen Jahre
waren nur Arbeit und Leid.
Du hattest zwar Haare,
aber das half Dir auch nicht sehr weit.

Red Dir nicht ins Gewissen,
sie war nicht so gut, die vergangene Zeit.
Sie war oftmals besch...
ein ganzes Stück weit.

Hör auf mit dem Stöhnen,
sei für die Zukunft bereit.
Lass Dich endlich verwöhnen,
jetzt kommt Deine glücklichste Zeit.

Jetzt hast Du in Hülle und Fülle,
was Du mit dem Wort 'Zeit' beschreibst.
Es bestimmt nur Dein Wille,
wie Du sie Dir vertreibst.

So lange Du atmest,
kannst Du auch lachen.
Du musst morgens nur aufstehn
und es einfach machen.

Pflege Dein Hobby

Pflege Dein Hobby, so wie Dein eigenes Kind,
es ist die Zeit Deines Lebens,
wo Herz und Seele im Einklang sind,
sie ist niemals vergebens.

Nicht Geld, nicht Erfolg, Ruhm oder Macht,
Dein Hobby, so lang es in Grenzen sich hält,
ist es, was Deine Seele bewacht,
und somit der beste Arzt auf der Welt.

Die goldene Hochzeit

Fünfzig Jahre, ist das eine Zeit,
fünfzig Jahre voll Freude und Leid.
Fünfzig Jahr voll Liebe und Glück,
fünfzig Jahre, sie kommen nie mehr zurück.

Nur die Erinnerungen bleiben bestehen,
so soll es auch sein, denn die meisten sind schön.
Doch außer dem Schweifen durch vergangene Zeit,
steht noch eine Zukunft für Euch bereit.

Sie wird sicher genauso schön,
denn Ihr habt das Glück, sie gemeinsam zu gehen.
Bei allen Grüßen, Wünschen und Gaben,
ist es das Schönste, sich lieb zu haben.

Das Alter spielt dabei die zweite Geige,
Ihr seid zusammen, geht der Abend zur Neige.
Ihr lacht Euch an, wenn der Tag beginnt,
das können nur Menschen, die glücklich sind.

Nur das allein ist das Maß aller Dinge,
Ihr tragt seit fünfzig Jahren die gleichen Ringe.
Fünfzig Jahre teilt Ihr Brot und Wein
und werdet auch weiterhin glücklich sein.
Wenn Ihr nie die Achtung voreinander verliert
und in stillen Stunden Euch zärtlich berührt.

Wenn Ihr vor Ehrfurcht Euch streichelt
das ergraute Haar,
bleibt Ihr für immer ein glückliches Paar.

Die

Kralle

der

Sucht

Eltern und Freunde

ehrt man zu Lebzeiten

so oft man kann.

Blumen auf dem Grab

sind nur für den Nachbar

von nebenan !!

Zwischen Himmel und Erde

Wie Asche ohne warme Glut,
kein Sauerstoff zum Leben,
wie Altpapier, zerknittert, mürb und leer,
hab ich mich eines Tages abgegeben.

Als Sekundärrohstoff,
ganz wertlos, ohne jede Güte,
als Bündel ohne Zukunftstraum,
wie eine Blume ohne Blatt und Blüte,
ein trockner Ast in einem grünen Baum.

Gebrochen, ohne Lebenswillen,
so schlichen Stunden, Wochen hin.
Der Herbst, so dachte ich im Stillen,
weil ich dem Alkohol verfallen bin.

Den Sommer habe ich verschlafen,
der Rausch war stärker als der Sonnenschein.
Als mit Gewissensbisse trafen,
fuhren die anderen schon die Ernte ein.
Verwelkt von innen und von außen

stand ich allein am Wegesrain.
Der Herbstwind fing schon an zu brausen,
die Angst war da,
wird das der letzte Winter sein?

Mit letzter Kraft entschloss ich mich,
aus diesem Bann zu fliehen,
dem Bann des Teufels Alkohol.
Ich hatt es satt, ich wollt im Frühjahr wieder blühen
und nicht für immer eingefroren sein.

Ich wollt nicht mehr im Schatten stehen,
den der Sonnenstrahl niemals bescheint.
Ich wollte wieder aufrecht gehen,
mit andren Menschen froh vereint.

So stellt ich mich mit letzter Kraft
vor des Tyrannen Pranken.
Im Krankenhaus hab ich den Anfang dann
geschafft und möchte allen danken.

Gemeinsam mit dem Personal
hab ich das Schwert geschwungen,
langsam kam wieder Mut und Kraft,
allein wäre es mir nie gelungen.

Allmählich spürte ich die Wurzeln wieder,
sie hatten Fuß gefasst.
Ringsum schien Sonne auf mich nieder,
von Tag zu Tag ward stärker jeder Ast.

Aus tiefstem Winterschlaf gerissen,
kehrte im Herbst der Frühling bei mir ein.
Die grauen Blättchen abgeschmissen,
steh ich gegrünt am gleichen Wegesrain.
Doch ohne Angst, mit strahlend frischer Blüte,
voll Kraft der Blick, voll Zuversicht.
Der Stamm gefüllt mit neuer Güte,
ich habe wieder ein
Gesicht!

Für jeden Menschen dieser Erde

kommt einmal der Tag,

wo sein Leben

nur noch Minuten dauert,

aber die reichen aus,

um

bitter zu bereuen!!

Licht und Schatten

Ich kenne die Gosse, das Leid und den Schmerz,
ich kenne den Zustand vom gebrochenen Herz.

Ich kenne die dunklen Straßen und Gassen,
auch das Gefühl, sich selber zu hassen.

Ich kenne die Blicke von Menschen an Tagen,
die Dir nichts weiter als Abscheu sagen.

Ich kenne das Loch, das keiner sieht,
und Dich doch immer tiefer zieht.

Ich kenne die Stunden, in denen selbst Freunde Dich meiden
ich weiß, was heißt, alleine zu leiden.

Ich kenne den Tunnel ganz ohne Licht,
ich bin hindurchgegangen, dennoch, ich schäme mich nicht.

Je mehr sich Menschen vom normalen Leben entfernen,
fangen sie an, ganz alltägliche Dinge schätzen zu lernen.

So habe ich gelernt, wie wertvoll ein Händedruck ist,
denn ich habe ihn unendlich vermisst.

Da, wo ich war, reicht Dir keiner die Hand,
man wendet sich ab und schaut lieber zur Wand.

Ich habe gelernt, wie wertvoll es ist, gegrüßt zu werden,
für die meisten ist es das Normalste auf Erden.

Da, wo ich war, da grüßt man Dich nicht,
dort spuckt Dir ein jeder am liebsten in Dein Gesicht.

Ich habe gelernt, wie wertvoll es ist, neben dem Freund zu stehen,
denn dort, wo ich war, habe ich keinen gesehen.

Ich habe gelernt, wie wertvoll es ist, unter Menschen zu sein,
in meiner Welt, da war ich immer allein.

Ich habe gelernt, wieder aufzustehen,
gelernt, ganz langsam kleine Schritte zu gehen.

Ich habe gelernt, die Dinge zu achten,
die tausende Menschen als selbstverständlich betrachten.

Ich habe gelernt, und das ist das Gute daran,
dass man sich an ganz alltäglichen Gesten erfreuen kann.

Ich habe gelernt, was wirklich wertvoll ist,
doch das lernt man erst,
wenn man es tief in seinem Herzen vermisst.

Ich habe gelernt, nicht nur die Rosen zu sehn,

für mich sind alle Blumen schön.

Freunde bis in den Tod

Sie waren unumstritten
die größten Machos der Stadt.
Sie fuhren die größten Schlitten
und wurden vom Kaviar satt.

Sie teilten Champagner und Frauen,
sie schwammen in Geld und im Glück.
Sie konnten sich blind vertrauen,
schreckten vor nichts zurück.

Ihre Betten standen in Schlössern,
sie lebten in Prunk und in Pracht.
Sie aßen mit goldenen Messern
und feierten Tag und Nacht.

Sie waren Freunde fürs Leben,
niemals hätten sie daran gedacht,
es jemals aufzugeben
und habe darüber gelacht.

Doch dann kam des Lebens Tücke
und plötzlich über Nacht,
saßen sie unter der Brücke,
es hat sie zu Pennern gemacht.

Nun hausten sie auf der Erde,
geschützt vom Brückenportal.
Doch ihre enge Freundschaft,
brachte auch dies nicht zu Fall.

Es liefen nun Ratten und Mäuse,
durch ihr nächtliches Schlafgemach,
die Klamotten voll Wanzen und Läuse,
es juckte, es zwackte, es stach.

Aber ihr Leben ging weiter,
die Jahre schlichen dahin.
Der Schnaps war ihr treuer Begleiter,
er gab ihrem Dasein den Sinn.

Doch dann kam das bittere Ende,
den Freund verließ die Kraft.
Sie hielten sich zitternd die Hände,
doch er hat es nicht länger geschafft.

Am Sarg stand der Freund nun und dachte:
"Das ist der letzte Schluck, den ich noch hab."
Dann ließ er die Flasche ganz sachte
hinab in des Freundes Grab.

Sie hatten alles verloren,
doch blieben sie immer reich.
Sie hatten sich Freundschaft geschworen,
nichts auf der Welt kommt dem gleich.

Der Händedruck

„Komm, verschwinde, Du kannst gehen,
ich will Dich nie mehr wieder sehen!"
Ein Blinder hörte das Geschrei,
drehte mit schnellen Schritten bei.

„Hör auf," rief er, „mit Tat und Wort,
und schick Dein Kind nie mehr so fort!
Wie kannst Du sagen, es soll gehen,
um es nie mehr danach zu sehen?

Ich ließe alles über mich ergehen,
könnt ich mein Kind nur einmal sehen!
Könnt ich nur einmal sehen, wie es lacht,
wenn es mit Mama Späße macht!"

Der Vater, er war wie erstarrt
vor des Mannes Gegenwart,
doch als die Starre dann verschwand,
gab er dem blinden Mann die Hand.

Als er in seine Augen sah,
begriff er, was gerad geschah.
Zwei Welten, durch einen Händedruck vereint,
und er hat bitterlich geweint.

An den Freund

Bedaure mich nicht,
beschönige nicht meine Fehler.
Sage die Wahrheit mir ins Gesicht.
Hilf mir aus meinen Tälern und
Lasse mich nicht im Stich.

Trage mich nicht auf Händen,
gib mir die Kraft zum Stehn.
Lasse die Freundschaft nicht enden
beim Auseinandergehn.

Beurteile nicht nach dem Haben,
sondern was in mir ist.
Werte nicht nach den Gaben,
weil man Freundschaft ganz anders misst.

Übe Kritik, wenn von Nöten,
öffne die Augen mir.
Nur Heuchelei kann sie töten,
meine Freundschaft zu Dir.

Und sollte der Herrgott uns trennen,
irgendwann tritt es mal ein,
wird die Erinnerung brennen,
so werd ich auch dann bei Dir sein.

Die Mahnmale der Straße

Zu Hunderten stehen sie am Straßenrand,
ein schwarzer Schleier, quer durch das Land.
Mit Blumen und Kerzen sind sie geschmückt,
ein trauriger Anlass, der uns bedrückt.

Hölzerne Kreuze, beschrieben mit Namen
und ein junges Gesicht in einem Rahmen.
Eltern verzweifelt am Straßenrand stehen,
sie werden ihr Kind nie wieder sehen.

Wann wird man in diesem Staat verstehen,
dass man nicht nur die Kreuze sollt sehen.
Schaut endlich die Bäume daneben an,
da war Energie, die man noch spüren kann.

Da war Energie, die nicht wusste, wohin.
Kam Euch dieses je in den Sinn?
Alle die Menschen könnten heute noch leben,
hätten sie die Chance gehabt, sie abzugeben.

Kein Kessel kann ewig den Überdruck halten,
gebt ihnen Gelegenheit, sich zu entfalten.
Nutzt endlich die wertvolle Energie,
sonst verschwinden die traurigen Kreuze nie.

Unvernunft

Noch einmal geht er still und leise
zu der Eltern Grab zurück,
bedankt sich so auf seine Weise
für das bisher erlebte Glück.

Unfassbar ist für ihn noch immer,
liest er die Inschrift auf dem Stein.
Nichts auf der Welt ist für ihn schlimmer,
als plötzlich ohne sie zu sein.

Er hatte ja noch so viel Fragen,
die er als Kind noch nicht verstand.
Doch bleiben wird nach dem zu Grabe Tragen
nur das Schwesterchen an seiner Hand.

Traurig blickt er zu ihr nieder,
die großen Augen schaun ihn an.
Die Eltern sehn sie nie mehr wieder,
er drückt sie fest an sich heran.

Noch einmal schaut er dann beim Gehen
zu der Eltern Grab zurück.
Niemals wird er es verstehen,
dass Unvernunft ihm nahm sein Glück.

Von der Fahrbahn abgekommen,
war ein Betrunkner in der Nacht,
hat ihm das Wertvollste genommen
und beide zu Waisen nun gemacht.

Es ist kein Märchen aus dem Reich der Feen,
auch keine Sage aus vergangner Zeit.
Jeden Tag ist es zu sehen
auf unseren Straßen weit und breit.

Niemand kann sie wohl verhindern,
die Unglücke auf dieser Welt.
Doch man kann das Leid vermindern,
indem man sich an Regeln hält.

Das Seemannsgrab

Auf dem Meeresgrund, in hundert Metern Tiefe,
liegt ein kleines Fischerboot.
Es sieht aus, als wenn es friedlich schliefe,
so brachte es doch einst zwei Fischer in den Tod.

Wie Blumen hängen an den Planken
blühende Korallen,
sie schweben leise auf und ab
und man könnt beim ersten Anblick denken,
sie schmücken ehrfurchtsvoll das alte Seemannsgrab.

Wie viele Tränen hat man wohl am Ufer
einst vergossen,
wie viel Schmerz ertrug ein Herz vor lauter Gram,
als die Wellen an der Brandung sich ergossen
und das Fischerboot nie mehr nach Hause kam.

Niemand wird es je erfahren,
was das Meer verschlang in all der Zeit,
wie viele Fischer es wohl waren,
die dort unten ruhn für alle Ewigkeit,
ohne Grabstein, ohne Blumen, ohne jegliches Gebet.
Selbst die vielen, vielen Namen
hat der raue Wind verweht.

Du kannst Dir wirklich

jeden Wunsch

erfüllen,

nur musst Du es machen,

wenn Du jung

und gesund bist.

Naturheilmittel

Hast Du Stress und Alltagssorgen,
geh hinaus in die Natur,
wenn die Sonne scheint am Morgen,
schalte ab, genieße nur.

Lenk den Blick hinauf zum Himmel,
sinke sanft ins weiche Moos,
vergiss das Straßenbahngebimmel,
tue Nichts, lass einfach los.

Atme durch und fange an zu träumen,
spül mit Sauerstoff Dein Herz
unter all den grünen Bäumen
und vergiss des Körpers Schmerz.

Lass vom Winde Dich umwehen,
er macht den Kopf Dir wieder frei
und schon beim nach Hause Gehen,
merkst Du, es geht auch ohne die Arznei.

Diamant Zucker Könnern

Man spürt die Wärme und Menschlichkeit
in der eisigen Kälte der heutigen Zeit.
Man spürt Geborgenheit und Glück,
man gehört zur Torte, ist nicht nur ein Stück.
Man spürt die Liebe zum Beruf,
den guten Menschen, der dies schuf.
Man spürt die Philosophie bei Tag und Nacht,
sie hat sie zu dem, was sie ist, gemacht.
Was auf der Welt schon vergessen scheint,
in dieser Fabrik ist es wieder vereint.
Ich möchte nicht heuchelnd
und anbiedernd erscheinen,
mich auch nicht stellen ins goldene Licht.
Aber eines, das möchte ich meinen,
die Wahrheit verschweigen, das muss ich nicht.

Rache der Natur

Lautlos fällt nun schon seit Stunden
der glitzernd weiße Pulverschnee.
Er bedeckt des Sommers Wunden
und den längst verseuchten See.

Er legt eine sanfte Decke
über das braungrüne Gras,
das einst ernährte Wurm und Schnecke,
das Reh, die Kuh und auch den Has.

Für nur ein paar wen'ge Wochen
deckt er alles Elend zu.
Kein Wort darüber wird gesprochen,
die Natur hat ihre Ruh.

Doch unter dem eis'gen Tuche
erträgt sie ihren tiefen Schmerz.
Bis der Frühling dann erneut versuche,
zu heilen ihr verletztes Herz.

Still ist es im Wald geworden,
kein Motorgeräusch liegt in der Luft.
Es ruht das Roden und das Morden,
es dominiert der Nadelbaumduft.

Der Wind trägt ihn sanft durch die Stille,
die Natur atmet neu auf.
Denn es ist auch Gottes Wille,
die Heilung, sie nimmt ihren Lauf.

Aber dann im Frühjahr wieder,
wenn die Sonne scheint aufs Land,
lässt sich der Mensch erneut hier nieder,
mit Kettensägen in der Hand.

Er öffnet dann die alten Wunden,
bis der Schmerz unerträglich ist.
Nichts nutzen all die Winterstunden,
da sich der Mensch durch alle Wälder frisst.

Doch die Natur, sie wird sich rächen,
denn sie ist stärker doch als er.
Sie wird ihm die Hände brechen,
setzt sie sich irgendwann zur Wehr.

Das Röslein

Einst stand in meinem Leben
ein Röslein zart und schön.
Leuchtend war seine Farbe,
herrlich es anzusehn.

Das strahlend Rot der Blüte,
sein grünes Festgewand,
es war wie eine Sonne,
die fest in meinem Herzen stand.

Selbst wenn es spät am Abend
die Blütenblätter schloss,
verlor es nicht an Schönheit,
die aus dem Innern spross.

Doch als der Herbstwind wehte
mit aller Kraft und Macht
und sich ums Röslein drehte,
verschwand es in der Nacht.

Er riss aus meinem Leben
mein allergrößtes Glück,
ein Mädchen wie ein Röslein,
nie mehr kehrt es zurück.

Frühling

Siehst Du die Felder und Wiesen,
siehst Du den Wald und den See,
siehst Du die Bächlein fließen,
vom Gletscher aus Eis und Schnee?

Siehst Du die Knospen im Garten,
die leise bewegt der Wind,
siehst Du, wie alle drauf warten,
dass endlich der Frühling beginnt?

Siehst Du, wie die Morgensonne
den Tau der Nacht besiegt,
wie die Natur voller Wonne
sich im Frühlingsduft wiegt?

Hörst Du die Vöglein singen
in den Bäumen so schön?
Auch Dein Herz will zerspringen,
denn es hat die Sonne gesehn.

Überall spielen die Kinder,
sie bestaunen die Blütenpracht,
vorbei ist der eisige Winter,
der Frühling kam über Nacht.

Der Osterhase

"Osterhasen gibt es keine",
sagte einst mein Enkelkind.
Ja, sie war hellwach, die Kleine,
außerdem nicht taub und blind.

Hörte von Kindern aus der Schule,
die Ostereier legt ein Huhn,
also dachte sie, die Coole,
kann es der Hase ja nicht tun.

Ich wollt ihr den Traum nicht rauben,
versuchte es um jeden Preis,
doch sie wollte mir nicht glauben,
denn ihr fehlte der Beweis.

Als das Osterfest gekommen,
schlich sie heimlich aus dem Haus,
plötzlich war sie wie benommen:
Oma legt die Eier aus.
Das konnte sie nun nicht verstehen,
schnell lief sie zurück ins Haus,
sah Oma durch die Küche gehen:
"Opa, schau, so sieht der Osterhase aus!"

Der goldene Sommer

Golden strahlt die Sommersonne,
die Temperaturen steigen an,
für die Menschen eine Wonne,
die Sommerzeit ist wieder ran.

Die Bäume voller grüner Blätter,
Blumen blühn in voller Pracht,
alles sprießt bei diesem Wetter,
der Sommer zeigt nun seine Macht.

Vöglein nisten in den Zweigen,
Bienen setzen Honig an,
Trauerweiden sich verneigen
vor dem, was die Natur so kann.

Blumen überall im Garten,
in den Parks, am Wegesrain,
alle können's kaum erwarten,
jetzt in der Natur zu sein.

Kinder schmücken sich mit Blumenkränzen,
wandern froh durch die Natur,
die Freude kennt nun keine Grenzen,
sie sind dem Sommer auf der Spur.

Auf den Feldern reift Getreide
für das täglich Brot heran,
Kühe stehen auf der Weide,
das Obst fängt sich zu formen an.

Überall sind Blütendüfte,
die Luft ist wie gewaschen, rein,
Adler steigen in die Lüfte,
an den Hängen reift der Wein.

Es ist die Zeit, wo Gottes Hände
alles beschützen, was gedeiht,
und ist der Sommer irgendwann zu Ende,
dann ist es wieder für den Herbst soweit.

Der graue Herbst

Kahler werden nun die Bäume,
sie verlieren Blatt für Blatt,
verblasst sind alle Sommerträume,
die Natur wird fad und matt.

Nebelschwaden ziehen leise,
feucht und grau durch Feld und Flur,
Wehmut macht sich auf die Reise,
der Herbst zieht sichtbar seine Spur.

Immer öfter brausen Stürme,
Regen peitscht uns ins Gesicht,
verlassen sind die Aussichtstürme,
schon früh brennt in den Häusern Licht.

Der Igel sucht zum Winterschlafe
sich ein geeignetes Quartier,
nur noch vereinzelt weiden Schafe,
langsam verkriecht sich jedes Tier.

Als ungemütlich ist er zu beschreiben,
der Spaziergang an der frischen Luft,
man sitzt hinter Fensterscheiben
und träumt vom vergangnen Blütenduft.

Die Ernte ist längst eingefahren,
das Heu liegt trocken unterm Dach,
wo grad noch die Traktoren waren,
wachsen neue Saaten nach.

Länger werden nun die Nächte,
Ruhe kehrt in die Gemüter ein,
bald geht der Herbst,
der sichtbar schon geschwächte,
und der Winter bricht herein.

Der eisige Winter

Still und leise, kalt, ja eisig,
schleicht er sich geschickt nun an.
Äste knacken laut wie Reisig,
stößt man nur an ihnen an.

Der Herbst hat jedes Blatt genommen,
so kann die Kälte lautlos ziehn.
Der Winter hat die Macht bekommen,
keiner kann ihm nun entfliehn.

Bitterkalt ist jedes Fleckchen,
niemand möchte draußen sein.
In jedes unscheinbare Eckchen
zieht die Kälte tief hinein.

Wiesen und Felder sind gefroren,
der Wind pfeift durch die Häuserreihn.
Mancher hat den Überlebenskampf verloren,
langsam fängt es an zu schnein.

Die Tannen tragen weiße Kleider,
von Schnee und Eis ist diese Tracht.
Aus grünen Bäumen hat er leider
starre Gestalten nun gemacht.

Unerbittlich schneit es weiter,
Schneesturm verdeckt jede Sicht.
Denn er ist sein Wegbegleiter,
der Winter hält, was er verspricht.

So kann er ohne jegliche Probleme
das Land beherrschen ganz allein.
Doch eines ist das Angenehme,
danach wird's Frühling wieder sein.

Der alte Förster

Eines Tages war es mal wieder aus,
ich musste aus der Stadt heraus.
Alles war plötzlich laut und kalt,
ich fuhr hinaus in einen Wald.

Ich musste mal alleine sein
und setzte mich auf einen Stein.
Plötzlich goss es wie aus Kannen runter,
irgendwo stellte ich mich unter.

Ein alter Förster sah mich stehen,
bat mich, mit ihm ins Haus zu gehen.
Froh nahm ich die bitte an,
so unterhielten wir uns dann.

"Gefällt es Dir?", fiel ich ins Wort,
"so ganz allein an diesem stillen Ort?"
"Jetzt bin ich zwar allein hier,
doch es war nicht immer so bei mir.

In den vergangnen langen Jahren
konnte ich hier viel Glück erfahren.
Mit meiner Frau und meinem Enkeljungen
sind wir wie Rehe hier herumgesprungen."

Nachdenklich schaute der alte Mann,
dann fing er wieder zu erzählen an.
"Wenn er da war, schien die Zeit zu stehn,
glaub mir, sie war wunderschön.

Mit leeren Händen kam er immer an
und genauso ging er irgendwann.
Gut, mal ein Stöckchen in der Hand
oder ein Steinchen, das er fand.

Er kam hierher, weil er zu uns wollte,
wie er vor Glück mit seinen Augen rollte.
Wir schenkten ihm von unsrer Zeit,
er öffnete sein Herz ganz weit.

Im letzten Jahr starb meine Frau,
da war der Himmel für ihn grau.
Es war für ihn ein schwerer Schlag,
niemals vergesse ich diesen Tag.

Tausend Tränen standen ihm im Gesicht,
doch, traurig, traurig war ich nicht.
Ich dachte, weine nur, mein Kind.
Es tut dir gut, weil diese Tränen ehrlich sind.

Wir konnten ihm in unsrem Leben
nur Zuneigung und Liebe geben.
Bitterlich aus tiefstem Schmerz
beweinte er ein liebes Herz.

Weinte von Herzen seiner Oma wegen,
nicht um Geschenke, die man hielt entgegen.
Er weinte um sein Lebensglück
und wusste, es kommt nie zurück.

Er weinte um den warmen Schoß,
er liebte sie so grenzenlos.
Er wusste, es wird ihn nie mehr geben:
Omas Trost in seinem Leben.

Nie mehr hat jemand so viel Zeit.
Er tat mir so unsagbar leid.
Aber sie hatte ihm fürs Leben
etwas unendlich Wertvolles gegeben.

Sollte er hinaus ins Leben gehen,
wird er die Menschen auch als Mensch ansehen.
Von Neid und Zank, da ist er weit entfernt,
das hat er von ihr gelernt.

Wir konnten Zeit mit ihm verbringen,
Spaß haben und viele Lieder singen.
Hatten das schönste Leben dieser Welt,
auch ohne Reichtum und mit wenig Geld.

Wenn Du nun denkst, ich bin allein,
sag ich Dir, da trügt der Schein.
Was kann es denn noch Schönres geben,
als diese Erinnerung im Leben?"

Als ich auf dem Heimweg war,
wurde mir so manches klar.
Es gibt nichts Schöneres im Leben,
als Zeit und Liebe sich zu geben.

Die guten Vorsätze

Wieder einmal ist Sylvester,
Böller schallen in die Nacht.
Die Vorsätze, sie werden fest und fester,
auf dass man alles besser macht.

Dann, um null Uhr, stößt man heiter
mit Sekt auf das Gelingen an.
Doch das Leben, es geht weiter,
bald ist der Neujahrsmorgen ran.

Joggen will man früh am Morgen,
um abzubaun den Festtagsspeck.
Da macht der Kater plötzlich Sorgen
und schiebt den ersten Vorsatz weg.

Das Qualmen schwächt das Wohlbefinden,
schädlich ist es, wenn man raucht.
Der Rest der Stängel muss verschwinden,
so werden sie noch aufgebraucht.

Wieder mal sind alle Räume,
wie schon im Vorjahr, voller Rauch.
Der vernebelt ihre Träume
und den zweiten Vorsatz auch.

Alkohol – auf keinen Fall mehr,
schwor man lauthals in die Nacht.
Nur - keiner trinkt den letzten Rest leer,
wenn man es nicht selber macht.

Ist all dieses dann geschehen,
sind schon viele Wochen um.
Von Vorsätzen ist nichts zu sehen,
keiner schert sich mehr darum.

Wieder zieht man froh und munter
das Nikotin in sich hinein.
Kippt sein Bier genüsslich runter
und redet die Gefahren klein.

Lasst uns trinken, lasst uns essen,
froh singen in den Tag hinein.
Die Vorsätze sind nicht vergessen,
Sylvester wird bald wieder sein.

Der Engelschor

Leise fiel der Schnee vom Himmel,
die Sonnenstrahlen wurden matt.
Lautlos schaukelte ein kleiner Schimmel
am großen Weihnachtsbaum der Stadt.

Staunend schauten die Gesichter
mit Begeisterung zum Baum.
Faszinierend diese Lichter,
gefesselt wie in einem Traum.

Flackernd erhellten tausend Kerzen
die Herzen einer Kinderschar.
Vergessen waren ihre Schmerzen,
es war, als wird ein Märchen für sie wahr.

Weit aufgesperrt warn ihre Münder,
schockiert von dieser Farbenpracht.
Unfassbar war es für die Kinder
nach ihrer grad gewonnenen Schlacht.

Als plötzlich Weihnachtslieder klingen,
griff jedes Kind des andern Hand
und sie fingen an zu singen,
es war, als bebte unser Land.

Sie hielten ihre kleinen Hände,
das gab ihnen immer Kraft.
So wurden Freunde sie am Ende
und so haben sie es auch geschafft.

Vor diesem großen Baum zu stehen,
ist keinesfalls normal für sie.
Sie mussten durch die Hölle gehen,
denn sie hatten Leukämie.

Zum ersten Mal in ihrem Leben
waren sie ohne Angst und Schmerz.
Als hätten Engel ihre Stimmen hingegeben,
sangen sie herzzerreißend himmelwärts.

Mein ganzes Leben werd ich hören
diesen kleinen Engelschor,
der schönste wohl von allen Chören,
für immer bleibt er mir im Ohr.

Weihnachtstraum

Tief verschneit sind Tal und Hügel,
still, von jedem Lärm befreit
und kein Vöglein regt die Flügel,
Weihnachtsstille weit und breit.

Zweige hängen tief herunter,
durch die Last von Schnee und Eis.
Nur ein Eichhörnchen springt munter
übers winterliche Weiß.

Selbst im Dickicht rauscht ganz leise,
eisig kalt der raue Wind,
schickt dem Wald auf diese Weise
Grüße, die vom Himmel sind.

Wie Milliarden Bergkristalle
strahlt der Schnee im Sonnenschein
und beim zarten Glockenschalle
wiegt sich leis die Weihnacht ein.

Lautlos ziehen Nebelschwaden
langsam in das Tal hinein.
Wie mit einem Silberfaden
hüllen sie die Landschaft ein.

In den Häusern brennen Kerzen,
strahlen in die Nacht hinaus.
Vergessen sind die Alltagsschmerzen,
die Natur, sie ruht sich aus.

Selbst der Herrgott schaut von oben
glücklich und zufrieden drein
und er wünscht sich hoch da droben:
Könnt es immer doch so sein.

Doch kein Wunsch wird sich erfüllen,
den der Mensch träumt unterm Baum,
solange noch Kanonen brüllen,
bleibt der Friede nur ein Traum.

Die Mutter

ist es,

die Dein Leben

reich und hell

macht !

Dies war das erste Gedicht meines Lebens.
Es muss so um 1963 gewesen sein.
Ich weiß es wie heute, mein Vater war der Erste,
der es über sich ergehen lassen musste.

Der Hahn im Hühnerstall

Wenn früh noch Tau bedeckt die Welt,
wenn alles schläft und ruht,
ein schrill heller Ton erschellt,
das gibt mir neuen Mut.
Es ist der Hahn im Hühnerstall,
der krähend sich erhebt,
damit man höre überall,
wo man gesund und fröhlich lebt.
Auch seine Hühnerschar macht Krach
aus Freud an diesem Leben,
damit das ganze Dorf erwacht,
um Futter ihr zu geben.
Sind die Menschen dann so frei
und geben ihnen Futter,
dann legen sie aus Dank ein Ei
und ich bring's stolz der Mutter.

Weil ich die Mutter bin

Ständig muss ich mich bewegen,
weil ich die Mutter bin.
Von früh bis spät die Hände regen,
weil ich die Mutter bin.
Muss sie waschen und sie pflegen,
weil ich die Mutter bin.
Immer Liebe in mir hegen,
weil ich die Mutter bin.
Wie eine Fahne stolz verwegen,
weil ich die Mutter bin.
Sehr spät ins Bett muss ich mich legen,
weil ich die Mutter bin.
Gehen sie, geb ich den Segen,
weil ich die Mutter bin.

Jetzt kann ich mich nicht bewegen,
wo sind die Kinder?
Ich doch ihre Mutter bin.

Lebensgaben

Du hast im Leben viele Tage voller Glück.
Du hast im Leben viele Momente,
die wünschst Du Dir oftmals zurück.
Du hast im Leben viele Tage, die dürften niemals vergehn.
Du hast im Leben viele Freunde, die Dich immer verstehn.
Du hast im Leben viele Sorgen, bei Tag und bei Nacht.
Du hast im Leben vieles, was Freude Dir macht.
Du hast im Leben viele Erfolge und Niederlagen.
Du hast im Leben viele Menschen, die ja zu Dir sagen.
Du hast im Leben viele Jahre, da ist alles in Butter.

Doch nur ein einziges Mal in Deinem Leben

hast Du eine MUTTER.

Geburtstagskind

Vergiss das Schlechte der vergangnen Jahre,
schaue nach vorn und nicht zurück.
Ignoriere die paar grauen Haare,
genieße täglich neu Dein Glück.

Freue Dich auf jeden Morgen,
an dem Du fröhlich dann erwachst.
Hast Du im Herzen auch mal Sorgen,
sie werden klein, sobald Du lachst.

Leben heißt Frohsinn und auch Lachen
mit Freunden, die Dir nahe stehn.
Der Herrgott, er wird Dich bewachen
und so wird Dir nichts geschehn.

Die Uhr, sie läuft immer weiter
und bald schon wirst Du siebzig sein.
Bis dahin bleibe froh und heiter,
sonst wirst Du es Dir nie verzeihn.

Der Schlaganfall

Er liegt auf der Trage,
das Atmen fällt schwer,
er zählt seine Tage,
reden kann er nicht mehr.

Es geschah ganz plötzlich,
da kam er zu Fall,
er ist nicht gesetzlich,
der Schlaganfall.

Vor einigen Tagen
lief er noch um sein Haus;
ich will damit nur sagen,
so schnell ist es aus.

Die meisten denken,
mir passiert das nicht,
man kann es nicht lenken,
plötzlich erwischt es Dich.

Doch keine Panik,
steigert Euch nicht rein,
nur die heutige Hektik,
es kann ja sein.

Wenn ich so denke,
fällt mir grade ein,
ich mache mir heute Geschenke,
später kann zu spät sein.

An meine Frau

Es ist nicht leicht, mit mir zu leben,
es ist nicht leicht, mich zu verstehn.
Doch würd' ich alles dafür geben,
dass wir gemeinsam weitergehn.

Glaub an meine tiefe Liebe,
sie wird brennen alle Zeit.
Schön wär es, wenn's auch bei Dir so bliebe,
keine Stunde tut mir leid.

Bis ans Ende unsrer Tage
möchte ich mit Dir zusammen sein.
Du bist für mich, ganz ohne Frage,
mein Glück und auch mein Sonnenschein.

Das folgende Gedicht
schrieb ich für mein Enkelkind Theresa-Tiffany
zum Geburtstag ihrer Mama
August 2006

Liebe Mama

Vielen Dank,
für Deine Liebe,
für das Trösten in der Nacht,
für das Streicheln meiner Haare,
wenn die Sonne mal nicht lacht.
Vielen Dank,
für Deine Liebe,
für das Lachen Tag für Tag,
für das Heilen meiner Wunden,
für alles, was ich an Dir mag.
Vielen Dank,
für Deine Liebe,
für das Glück, bei Dir zu sein,
für das Halten meiner Hände,
wenn plötzlich bricht die Angst herein.
Vielen Dank,
auch unserm Herrgott,
der mir diesen Diamanten gab,
denn ich bin unendlich glücklich,

dass ich Dich zur Mama hab.

Mein Res-chen,

immer, wenn ich Dich sehe,
ist mir, als ob ich in einem
Blumenbeet stehe.

Mit tausend Blüten, voll Frühlingsduft,
eine nicht endende Freude
liegt dann in der Luft.

Du trägst so viel Glück in mein Herz hinein
und, wenn es Engel gibt,
dann musst Du einer sein.

Ich danke dem Herrgott für diese Gabe,
ich bin unendlich glücklich,
dass ich Dich habe.

Du bringst tief in mein Herz den Sonnenschein,
selbst wenn Wolken trüben
den Himmel ein.

In meinem Herzen hast Du einen festen Platz,
ich werde Dich immer lieb haben,
mein kleiner Spatz.

Die erste Puppe meiner Enkeltochter
Theresa-Tiffany

Sie hat keine Haare, kein gülden Gewand,
sie ist nicht sehr hübsch, doch jede Nacht
hattest Du sie zur Hand.
Sie war Dein Beschützer, sie war Dein Freund,
sie gab Dir Wärme, mit ihr hast Du geträumt.
Du hast sie gesucht und um sie geweint,
es gab tausend viel schönre,
doch nur sie war Dein Freund.
Hieltest Du sie im Arm, strahlten Deine Augen,
ein zufriedenes Lächeln zog über Dein ganzes Gesicht.
Sie hat Dich getröstet, wenn die Tränchen rollten,
sie hörte Dir zu, weil nur sie Dich verstand.
Sie hat erreicht, was so viele wollten,
sie trat in Dein Herz, ganz einfach und schlicht.
Sie war wie Du, ohne Wenn und Aber,
ohne Vorurteil und prüfenden Blick.

Sie war keine Schönheit, doch sie schenkte Dir Glück.
Hältst Du sie heute in Deinen Händen,
wird ein neues Bild für Dich entstehen
und ich bin mir ganz sicher,
Du wirst sie anders, ganz anders sehen.
Sie wird für Dich hässlich und billig nun sein,
doch lass es nicht zu, nimm sie fest in den Arm,
schau tief in Dein Herz und dann wird Dir warm.
Denn sie ist noch wie damals, nur einfach und schlicht
und zaubert Dir auch heut noch
ein Lächeln in Dein Gesicht.
Vergiss niemals, sie war Dein erster Freund.
Ihr habt zusammen gelacht und geweint,
bestrafte sie nicht mit einem höhnischen Blick,
sie hat dich beschützt, sie war Dein Glück.
Bewahre sie auf,
so gibst Du's ihr tausendfach zurück.

Keine Blumen für Mutter

Auf meinem Herzen liegt ein Stein,
der stark auf mich presst,
weil ich nicht kann heut bei Dir sein,
zu Deinem Wiegenfest.
Zu weit entfernt bist Du von mir,
um Dir die Hand zu reichen.
Doch aus dem Herzen, glaube mir,
sind die Glückwünsche, die Dich erreichen.
Ich wünsche Dir vom Herzensgrund
Gesundheit und viel Glück
und bleib noch lange Zeit gesund,
dann kehr ich froh zu Dir zurück.
Noch lange Zeit sollst Du mir sein,
in meinem jungen Leben der allerhellste
Sonnenschein, den man mir je gegeben.

Sie las diesen Brief und weinte vor Glück,
wünschte sich sehr, ich käme zurück.
Sie schrieb viele Briefe voll Sehnsucht und Schmerz
und jede Zeile zerbrach mir das Herz.

So vergingen die Jahre, ich fuhr Tag und Nacht,
in glühender Hitze, so manch schwere Fracht.
Ohne Urlaub schuftete ich, fuhr nur für sie,
denn sie hatte nur mich.
Ich hör sie noch sagen:
"Bleib doch hier, wir haben nicht viel,
doch damit reichen wir."
Ich nahm ihre Hände, die immer da waren für
mich und sagte leise: "Ich liebe Dich."
Nahm sie noch einmal in meinen Arm,
verwischte die Tränen, dann musste ich fahrn.
Sie winkte noch lange draußen am Tor,
bevor ich sie dann aus den Augen verlor.

Nie werd ich vergessen, was sie für mich hat getan,
ich schwor mir leise, nur mit vollen Händen
klopfst du wieder an.

Heut ist es soweit, meine letzte Tour,
noch zehn Kilometer, ich schau auf die Uhr.
Drei lange Jahre, die Fahrt ist aus.
Ich nehme mein Sparbuch und fahre nach Haus.
Drei lange Jahre, ich hab es geschafft,
mit meinen eigenen Händen,
aus eigener Kraft.
Schon von Weitem sehe ich unser Haus,
doch niemand schaut zur Begrüßung heraus.
Sprachlos bleib ich am Gartentor stehen,
ringsum war keine Menschenseele zu sehen.

Plötzlich kam schweigend der Nachbar daher.
"Du kommst zu spät, Junge,
Deine Mutter, die gibt es nicht mehr.

Sie wollte Dich gerne noch einmal sehn,
doch ihr Herz war zu schwach, es blieb einfach stehn."
Er nahm meine Hand.
"Ich war bei ihr, als sie starb. Sie hat Dich geliebt."
Wir gingen zum Grab.

Nur ein Grabstein von ihr war mir geblieben.
Stumm stand er da im Abendlicht.
Mit goldener Schrift steht darauf geschrieben:
Hier ruht Deine Mutter, vergiss sie nicht.

Sie war alles, was ich hatte und sie liebte mich.
Nun steh ich weinend an ihrem Grabe,
mit meinem ganzen Ersparten ,
aber Blumen für Mutter, die hatte ich nicht.

Ich war stolz auf mein vieles Geld,
zu spät hab ich begriffen,
was wirklich zählt.

Abschied für immer

Heut siehst Du die Mutter zum letzten Mal,
im Herzen gerinnt Dir das Blut.
Hast sie umarmt viele tausend Mal,
sie gab Dir stets Wärme und Mut.

Zum letzten Mal streichelst Du ihre Hand,
die immer aufrecht Dich hielt.
Du hast sie liebevoll Mama genannt
und Stunden mit ihr gespielt.

Ihr Lachen, ihr Streicheln war Dir so vertraut,
jeder Kuss Sinfonie,
ihr habt im Sandkasten Burgen gebaut.
die Zeit war so schön, wie sonst nie.

Nun siehst Du sie an, ganz weiß ist ihr Haar,
die Falten verziern ihr Gesicht.
Du wünschst Dir so sehr, es wäre nicht wahr,
doch ihr Herz, es schlägt einfach nicht.

Still, ohne Worte, sagst Du: "Good bye."
Kein Abschied fiel Dir je so schwer
und unter Tränen gestehst Du dabei:
"Mutter, Dich gibt es nie mehr."

Nur noch einmal die Hände streicheln,
nur noch mal sehn das vertraute Gesicht.
Noch einmal rufst Du: "Geh doch nicht fort",
aber sie hört Dich ja nicht.

Die Augen geschlossen, als schliefe sie nur,
die Hände vereint zum Gebet.
Tränen und Dankbarkeit bleiben Dir nur,
bevor sie für immer nun geht.

Zum letzten Mal schaust Du zu ihr zurück,
dann nimmt sie der Herr zu sich hin.
Jetzt geht sie alleine ihr letztes Stück,
Leere beschleicht Deinen Sinn.

Doch im Herzen spürst Du das Blut,
was sie Dir einst hat geschenkt
und Du merkst, wie gut es Dir tut,
wenn Du nur an sie denkst.

Im Herzen, das wird sie stets bei Dir sein,
solange dieses noch schlägt
und Du wirst niemals alleine sein,
wohin der Wind Dich auch trägt.

Geht auch die Mutter heut von Dir,
den Schmerz wird der Wind bald verwehen,
aber Deine Liebe zu ihr,
sie wird niemals vergehen.

Reichtum

Den größten Reichtum zu verwalten,
haben Eltern, die ihr Kind im Arme halten.
Das Lachen des Kindes,
den strahlenden Blick,
bekommt man von keinem Konto zurück.
Das erste Mal Mama,
den ersten Schritt,
dazu braucht man keinen Kredit.
Nur etwas Liebe und Zärtlichkeit,
und man ist glücklich auf Lebenszeit.
Deshalb sollte man nie vergessen:
Reichtum ist nicht am Gelde zu messen.
Reich ist nur, wer auch lieben kann,
sonst ist und bleibt er
ein stinkarmer Mann.

Dein Kind

Soll es fest im Leben stehen,
so lass es eigne Wege gehen.
Lass es eigne Fehler machen,
lass es alleine weinen, lachen.

Lass es in die Welt raus gehen,
versuche, nicht im Weg zu stehen.
Lass es wissen, wo Du bist,
wenn es Dich einmal vermisst.

Pass auf, dass es nicht ganz abtaucht,
sei da, wenn es Dich braucht.
Versuche stets, es zu verstehen,
nimm's in den Arm beim Wiedersehen.

Nimm Enttäuschungen in Kauf
und lass Deine Tür weit auf.
Lass es Deine Liebe spüren,
auch neue Wege ausprobieren.
Selbst wenn sie oft nicht eben sind,
verzeih's, es ist Dein Kind.

An meine Frau

Tief in meinem Herzen
blüht eine Rose ganz leis vor sich hin.
Sie heilt meine Alltagsschmerzen
und gibt meinem Leben den Sinn.

Sie bringt mir die Sonne an Tagen,
wo tosend der Regen fällt,
durch sie kann ich Dinge ertragen,
auch wenn der Zweifel mich quält.

Sie erhellt die dunklen Gassen,
die auf meinem Lebensweg sind.
Sie lehrt mich lieben statt hassen,
gibt mir Kraft, wenn der Tag beginnt.

Sie legt ihre Blütenblätter
ganz sanft auf mein Herz in der Nacht
und ich fühl mich bei jedem Wetter,
als werd ich vom Herrgott bewacht.

Ich werde sie immer bewahren,
in meinem Herzen hat sie einen Platz
und auch noch in hundert Jahren
werd ich Dich lieben, mein Schatz.

An meine Tochter Christine

Schau ich abends in die Sterne,
bin ich gedanklich oft bei Dir.
Bist Du auch in weiter Ferne,
tief im Herzen bist Du hier.

Niemand kann Dich je ersetzen.
Keiner nimmt den Platz je ein.
Den wirst immer Du besetzen,
für alle Zeit wird das so sein.

Du bist das Liebste, was ich habe,
mein größtes Glück, mein Sonnenschein.
Auch wenn ich es nicht täglich sage,
glaub mir, es wird nie anders sein.

Solltest Du auch manchmal denken,
dass andre für mich wichtiger sind,
hab nur keinerlei Bedenken,
Du bleibst das Liebste, was ich habe.

Ich bin sehr stolz auf Dich,
mein Kind.

Bei Blaulicht besehen

Feuerwehrmänner

Bei Tag und Nacht, zu jeder Zeit,
sind sie ihr Leben zu opfern bereit.
Sie gehen dorthin, wo die Hölle beginnt,
selbst, wenn sie längst schon am Limit sind.
Wohl keiner der Menschen in diesem Land
reichte so oft wie sie seine rettende Hand.
Niemand wird sie gezählt wohl haben,
die dafür sogar ihr Leben gaben.
Sie retten Menschen, vom Hochhaus
und tief aus dem Schacht, das ist es,
was sie oftmals zu Helden macht.
Sie fangen da an, wo für viele das Ende beginnt,
sie retten Leben, doch es ist nicht selbstverständlich,
nur, weil sie Feuerwehrmänner sind.
Denn auch um sie bangen zu Hause

eine Mutter, die Frau oder ein

Kind.

Helden

sind Menschen,

die nicht diskutieren,

sondern handeln.

Meine Suche nach Glück

Weit schon bin ich nun gegangen,
auf der Suche nach dem Glück.
Stillte dies und das Verlangen,
doch immer fehlte noch ein Stück.

Hab geackert und geschuftet,
mir angeschafft manch schönes Stück,
erfahren, wie die Rose duftet,
doch empfand ich's nicht als Glück.

Hatte alles, konnt gut leben,
fast sorglos in den Tag hinein.
Doch es hat sich nicht ergeben,
konnte nie richtig glücklich sein.

Also fing ich an zu schreiben,
was mir tief im Herzen brennt.
Um die Zeit mir zu vertreiben,
über das, was jeder kennt.

Ja, ich tat's aus tiefstem Herzen,
mit Geduld und mit Gefühl.
Schrieb übers Leben, Freud und Schmerzen,
und so fand ich meinen Stil.

Als man es begann zu lesen,
konnte ich feuchte Augen sehn.
In mir war ein Gefühl gewesen,
es war mir neu, doch wunderschön.

An diesem Tage hatte ich erfahren,
das Glücksgefühl zog bei mir ein.
Nach all den vielen, vielen Jahren
drang ich in fremde Herzen ein.

Das Glück zu spüren und zu sehen,
nichts auf der Welt kann schöner sein.
Mit Worten in des Menschen Herz zu gehen,
muss ein Geschenk des Himmels sein.

Auch an die Kleinen

will ich denken

und ihnen

ein paar Gutenachtgeschichten

schenken.

Das Kätzchen

Kalt war es, denn es war Winter,
die Kätzchen spielten im Schnee.
Sie waren fünf Katzenkinder,
doch sprangen sie hoch, wie ein Reh.

Sie spielten mit trockenen Zweigen
und bissen sich in den Schwanz.
Sie wollten der Mutter zeigen,
was sie können im Schneeflockentanz.

So hüpften und sprangen sie munter,
bis der Abend sich zeigt.
Die Sonne ging langsam unter,
der Tag sich dem Ende neigt.

Die Mutter rief ihre Kleinen,
sie sollten zu Bette gehn.
Doch da vermisste sie einen,
sie konnte es gar nicht verstehn.

Besorgt rief sie raus in den Winter,
das Herz blieb vor Sorge fast stehn.
Soll sie nun eins ihrer Kinder
wirklich nie wieder sehn?

Sie rief und rief immer wieder
weit in den Wald hinein.
Immer mehr Schnee fiel hernieder.
Wo kann das Kleine nur sein?

Sie konnte es ja nicht wissen,
dass das Kätzchen sich verlaufen hat
und das Kleine im Wald inzwischen
schon halb erfroren war und ganz matt.

Es hörte der Mutter Stimme,
doch es war viel zu schwach um zu schrein,
und so passierte das Schlimme,
es schlief in der Kälte ein.

Ein Waschbär auf Futtersuche
spürte das Kätzchen auf
unter der alten Buche
und legte sich wärmend darauf.

Da spürte das Kätzchen die Wärme,
steckte den Kopf aus dem Bärenfell raus,
der Waschbär merkte, dass es sich rührte
und brachte es dann nach Haus.

Das Vöglein

Es war Frühling geworden,
die Vögel bauten ein Nest,
der Winter zog in den Norden,
die Natur feiert ihr Blütenfest.

Die Vöglein, sie legten Eier
und fingen zu brüten an,
bald wuchsen an Feldern und Weihern
die jungen Vögel heran.

Dann war die Zeit gekommen,
die Vögel turnten im Nest,
die Mutter hat's mitbekommen
und warnte: "Haltet Euch fest!"

Doch eines Tages passierte,
was sie wohl vorher hat gesehn,
als ein Kleines das Fliegen probierte,
war das Malheur geschehn.

Es stürzte kopfüber hinunter
auf den harten Asphalt
und es wurde erst wieder munter,
als ihm sein Gefieder ward kalt.

Die Geschwister riefen herunter,
sie dachten, es wäre längst tot,
da kam von oben, ganz munter,
ein Eichhörnchen purpurrot.

"Ich werde mich ganz tief bücken,
Du steigst auf und hältst Dich ganz fest.
So trag ich Dich auf meinem Rücken
zurück in Dein Vogelnest."

Die Vogelmutter sah aus der Ferne
dem Treiben der beiden zu
und wünschte sich so gerne,
dass sie es schaffen im Nu.

Das Eichhörnchen hüfte behände
von Ast zu Ast bis ins Nest
und als hätte er richtige Hände,
hielt sich der Vogel ganz fest.

Am Nestrand angekommen,
sprang der Vogel geschwinde ins Nest,
erst war er noch etwas benommen,
doch dann feierten alle ein Fest.

Der Wachhund

Auf einem Bauernhof wachte
in einer Hütte ganz klein
ein Hund, der an alle dachte,
er wollte ein guter Hund sein.

Er beschützte die Tiere des Bauern
bei Tag und auch in der Nacht,
er schlich um die hohen Mauern,
hat stets seine Arbeit gemacht.

Er beschützte die Frösche im Teiche,
auch die Enten- und Hühnerschar,
er gab acht, dass in seinem Bereiche
alles zufrieden war.

Er verscheuchte die großen Störche,
denn sie fraßen die Frösche vom Teich,
passte auf, wenn der Bauer zur Kirche,
keiner machte es ihm jemals gleich.

Eines Tages war es dunkel geworden
und er schlief in der Hütte ein,
da stürzten, wie wilde Horden,
tausend Mücken in die kleine Hütte hinein.

Sie stachen und stachen den Kleinen
ins Fell und auch in den Mund,
es war schlimm und er fing an zu weinen,
das war zu viel, selbst für den Hund.

Er wehrte sich mit seinen Beinen
und wedelte wild mit dem Schwanz,
doch sie stachen ihn weiter den Kleinen
und tanzten den Mückentanz.

Er rief die Frösche und Enten
zur Hilfe, doch sie kamen nicht.
Wie kann er das nur beenden?
Es sticht und es sticht und es sticht.

Auf einem Baum war eine Spinne beim Spinnen,
sie hörte das Schreien von weit her.
Was ist los in der Hütte dort drinnen?
Sie ging hin und gleich wusste sie mehr.

Sie sah schon von weitem die Mücken,
der kleine Hund war schon fast tot.
Sie begann ihre Fäden zu zücken
und half dem Hund aus der Not.

Sie schlüpfte hinein zu dem Hündchen,
sie spann, so schnell, wie es nur ging,
nach einem viertel Stündchen
sich eine nach der andren verfing.

Überglücklich war nun das Hündchen
und lud sie zum Bleiben ein,
denn sie hatte ihm als Einz'ge geholfen,
so zog sie in die Hütte hinein.

Das Rehlein

Es war noch ganz früh am Morgen,
die Sonne stieg noch langsam auf,
da lag es ganz tief verborgen
und schaute in den Jagdflintenlauf.

Vor Angst stand das Blut in den Adern,
der Schweiß tropfte herab,
wie lange wird er noch hadern,
bis er schießt das Rehlein nun ab.

Das Reh war aus Furcht ganz benommen,
es atmete fast nicht mehr,
seine Mutter konnt zur Hilfe nicht kommen,
denn sie gab es schon lang nicht mehr.

Sie wurde von Jägern erschossen,
so blieb es alleine zurück,
viele Tränen hat es damals vergossen,
es hatte im Leben kein Glück.

Nun steht der Jäger auch vor ihm
mit seinem großen Gewehr,
traurig schaut es zu ihm hin und dachte:
"Bald gibt's dich nicht mehr."

Doch der Jäger beugte sich nieder,
streichelte das ängstliche Reh,
endlich sah er es wieder,
keine Angst, und er tat ihm nicht weh.

Er hob das Reh aus dem Grase
und nahm es zu sich mit nach Haus,
dort lebten schon Fuchs und Hase
und eine Katze, die grad jagte die Maus.

Der Jäger sprach zu den Tieren,
als er hob das Reh aus dem Schoß:
"Das Kleine soll im Wald nicht erfrieren,
wir ziehen es bei uns groß."

So vergingen die Wochen
und als der Kuckucksruf schallt,
kam es, wie der Jäger versprochen,
zurück in den geliebten Wald.

Bald hatte es selber ein Junges
und sie lebten in Frieden und Glück,
wenn es mal Sehnsucht hatte,
kam es zum Forsthaus zurück.

Schlusswort

Liebe Leser,

Sie können mich nun lieben oder hassen,
mein nächstes Buch lesen oder es lassen,
Sie können weiter hetzen oder hoch schweben,
Sie können alles, es ist Ihr Leben.
Doch was Sie auch tun, tun Sie's mit Genuss.
Denn Sie haben nur ein Leben,
danach ist Schluss.

In eigener Sache:

Besonderer Dank gilt
meiner Frau Gabriele Bock
und meiner Kollegin Ute Koch
für die ehrliche Kritik im Vorfeld.

Ihr Autor
H. Peter Bock

Versuche nicht ein
erfolgreicher Mann
zu sein, sondern
ein Mann mit Werten.

(A. Schweitzer)